JEUX FLORAUX DES PYRENEES

ANTHOLOGIE 2017

© *2017*
Réalisation: La Méridienne du Monde Rural
Directrice de la publication : Anne de Tyssandier d'Escous
Auteurs des textes : collectif d'auteurs
Illustrations : Michel Rigel

Association LA MERIDIENNE DU MONDE RURAL
Siège social : 19110 Bort-les-Orgues
Adresse de gestion :
93 rue Jules Ferry -19110 BORT-LES-ORGUES
www.lameridiennedumonderural.fr

ISSN : 2431-5664

imprimé par lulu.com,
en impression numérique à la date de la commande
Lulu Press, Inc, Raleigh, N.C., Etats Unis

ISBN : 979-10-90416-26-0
Dépôt légal: juin 2017

RECUEIL

JEUX FLORAUX
DES PYRENEES

ANTHOLOGIE 2017

Association LA MERIDIENNE DU MONDE RURAL
www.lameridiennedumonderural.fr

SOMMAIRE

PREFACE

Le concours littéraire des "Jeux Floraux des Pyrénées" a été créé en 1987 par Arlette Homs dans le cadre associatif. Il a été organisé en 2016-2017 par l'Institut du Comté de Foix, association culturelle amicale franco-andorrane, en partenariat avec La Méridienne du Monde Rural, association culturelle qui participe à la mise en valeur des zones rurales.

Arlette Homs, fondatrice du concours des Jeux Floraux des Pyrénées, a publié une vingtaine d'ouvrages qui concernent l'histoire locale tarnaise et ariégeoise : anthologies, chroniques, biographies, monographies, guides touristiques, dont certains en occitan. Ces textes sont le reflet de l'attachement d'Arlette Homs au département du Tarn où elle a habité, à l'Ariège où elle a souvent séjourné en participant à des activités culturelles, et à l'Andorre où la portent ses amitiés andorranes et la mémoire d'Isabelle Sandy.

Le 39ème concours des Jeux Floraux des Pyrénées a rencontré un réel succès, et le recueil d'anthologie 2017 des « Jeux Floraux des Pyrénées » réunit les textes des lauréats.

Nous espérons que la lecture de ces textes sera, pour tous les lecteurs, un moment d'oubli des soucis du quotidien et d'agréable plénitude.

Comme l'a écrit Marguerite Yourcenar, dans « Les yeux ouverts » : « Le présent est un moment toujours court et cela même lorsque sa plénitude le fait paraître éternel ».

Nous adressons nos félicitations à tous les lauréats du concours littéraire 2017 des Jeux Floraux des Pyrénées.

Anne de Tyssandier d'Escous
Présidente de La Méridienne du Monde Rural

Palmarès du concours littéraire 2017 des Jeux Floraux des Pyrénées

Grand Prix :
M. Gérard Loridon (83140 Six Fours les plages) pour « Aventures au Lanoux »

Prix de l'Amitié Franco-Andorrane
& Prix de l'Aliança Andorrano-Francesa:
Mme Bernadette Truno (09100 Pamiers) pour « Le pays de mon père, l'Andorre »

Prix des Pyrénées :
Mme Corinne Toupillier (06800 Cagnes-sur-Mer) pour « L'Avaleur d'étoiles »

Prix du Terroir :
M. Jean-Christophe Vertheuil (06210 Mandelieu) pour « Quelle tuile ! »

Prix du Jeune Auteur :
Mlle Lolita Lagoutte (42470 Saint-Symphorien de Lay) pour « L'île Lumière »

Prix de la Nouvelle :
Mme Magali François (83470 Saint-Maximim la Sainte Baume) pour « Madeleines d'antan »

Prix du Récit :
M. Robert Beltran (09100 Pamiers) pour « Bonheur »

Prix « Contes et Légendes » :
Mme Maïté   Rochas (05400 Veynes) pour « Le Trévrizent »

Prix de Poésie ex-aequo :
- Mme Françoise Pinaud (19230   Beyssac) pour « Panorama »
- Mme Monique Conte (66680   Canohes)   pour « Tragédie Cathare »

Prix du Souvenir :
Mme Florence Day (77500 Chelles) pour « Souvenirs de Paris et d'Andorre »

Diplômes d'Honneur :
- Mme Cécile Amy (74 Pringy) pour « Partir nulle part »
- Mme Alice Marini (06 Biot) pour « Dans les murs »

Aventures au Lanoux
par Gérard Loridon

Dans ces années d'après-guerre, l'EDF avait lancé un vaste programme de construction de barrages, la houille blanche devant subvenir aux besoins croissants d'énergie.

Les ingénieurs de cette régie autonome avaient souvent des problèmes dans le domaine subaquatique et utilisaient donc les services des Scaphandriers lourds.

Ces derniers, étaient sûrs d'eux et de l'auréole qui leur était allouée par les films à sensation.

Sur le terrain, il en était tout autrement, déplacer un scaphandrier lourd avec tout son matériel n'était déjà pas une petite affaire.

Les responsables des ouvrages hydrauliques se retrouvaient souvent devant des situations délicates qu'il fallait gérer au plus vite.

L'arrivée des « Hommes Grenouilles » que nous étions, allait résoudre tous leurs problèmes, ce que notre directeur et ami André Galerne, avec sa faconde commerciale habituelle leur avait fait admettre. Chef de maquis et héros de la Résistance, il en avait vu d'autres.

Il s'attacha d'ailleurs, par la suite, à les convaincre si bien qu'il réussit à faire signer, à ce grand service de l'état, un contrat léonin favorable à sa seule entreprise, créant un monopole de fait qui dura de nombreuses années.

Le premier chantier important venait de nous être échu à l'Etang du Lanoux, dans les Pyrénées. Ce plan d'eau naturel se situait sous le Pic Carlitte, à 2200 mètres d'altitude et à environ 6 à 8 kms du village de Porté Puymorens, proche de la principauté d'Andorre.

L'EDF pensait mettre en place un barrage et turbiner les excédents de ce lac. Partant de là, ils allaient supprimer un apport d'eau à l'Espagne, dont la frontière était proche. Pour que tout le monde y trouve son compte, il devait être percé une galerie de 14 Kms vers l'Ibérie.

Mais si la profondeur du départ de la galerie était prévue à environ – 40 mètres, les ingénieurs de l'EDF ne connaissaient pas la nature du substrat où devait déboucher ladite galerie.

Voilà donc le rôle qui nous était imparti ; reconnaître l'état de la paroi à l'endroit prévu, photographier, filmer si possible, faire des croquis, rapports…et cetera.

La plongée à cette profondeur, en mer, on connaissait. Pour le reste des objectifs à atteindre, nous étions tous dans le flou absolu. Sauf Galerne, notre responsable, qui, lui, avait promis que ce travail serait réalisé par sa meilleure équipe de « Spécialistes » en la matière. L'EDF était convaincue, c'était l'essentiel.

André, lui, avait pour politique « d'abord satisfaire le client » et ensuite de résoudre les problèmes au fur et à mesure de leur apparition. Ajoutons que quand il avait fini de convaincre le client, il l'était lui aussi, avant-gardiste de la méthode Coué, qu'il pratiquait sans le savoir comme Mr Jourdain faisant de la prose.

Dans le cas de ce chantier, qui était le premier et le plus sérieux, malgré qu'il ait tout prévu, il restait encore pas mal d'obstructions délicates. Par exemple, la plongée en altitude, qui revêt maintenant un étalage de technocrates distingués, calculateurs de tables de décompression qui ne le sont pas moins. Lui avait été au plus simple …on augmenterait les paliers d'un tiers les rendant ainsi plus sécurisants.

Les plongées devaient avoir lieu en juillet et notre patron et sa harka étaient partis, matériel et plongeurs dans la camionnette Cocotte, une Peugeot ex-saharienne d'un âge certain.

Comme on peut s'en douter, le trajet fut épique, surtout les derniers kilomètres quand on quitte Ax-les-Thermes pour le Col du Puymorens, ayant à franchir une montée très longue avec un pourcentage non négligeable. Mon ami Georges Koskas était de cette sportive escapade. C'est lui qui dans les derniers kilomètres de cette ascension laborieuse, juché sur l'aile avant droite, un jerrican d'eau sous le bras, était chargé d'abreuver à l'aide d'un long tuyau, le radiateur de Cocotte atteint d'une soif inextinguible. Le tout dans un nuage de vapeur, dont le voisin de Galerne, qui conduisait, devait faire fonctionner l'essuie-glace manuel et rustique, afin que Dédé ait une visibilité restreinte mais nécessaire.

Les gens de l'EDF, qui nous attendaient, avaient envoyé une jeep de reconnaissance pour voir où en était notre progression.

La rencontre se fit un peu avant le col. Voyant nos épreuves mécaniques, il nous fut proposé une aide que Galerne refusa avec fierté ! Il était comme cela Dédé. Ajoutons qu'il venait de voir un panneau annonçant la fin du calvaire de Cocotte à 500 mètres.

Sachant qu'après il n'aurait plus qu'à se laisser glisser jusqu'au village de Porté, il voulait arriver brillant et sûr de son coup. Le reste, toujours dans le même état d'esprit, allait suivre.

Le Lanoux est situé en pleine montagne à 2200 mètres d'altitude, ne possédant aucune voie d'accès, seul un sentier de montagne; les balisages de randonnée n'existaient pas en 1953.

Cependant, pour le matériel nécessaire à nos plongées devant être monté du village de Porté au Lanoux, l'EDF avait loué les services d'un muletier Sarde et sa douzaine de brêles.

Sur place, il avait été prévu un logement dans un refuge de montagne remis en état. Y était adjoint un cuisinier, chargé de nous fournir une nourriture saine et abondante.

Je ne faisais pas partie de l'équipe globale arrivée en Cocotte, Galerne m'ayant demandé de rejoindre quelques jours après l'installation.

Suivant ses injonctions et conseils éclairés, je débarquai un matin du train et pris, sac au dos, dans un brouillard pyrénéen, la piste qui montait au lac, que j'atteignis deux heures plus tard. Je marchais bien à vingt ans ; j'ai voulu refaire le pèlerinage, il y a quelques années et je n'ai pas obtenu, et de loin, les mêmes performances.

Là-haut dans un décor digne du film « Ramuntcho » projeté dans les salles de cinéma de l'époque, nous avons effectué nos plongées de recherches et d'études pendant trois semaines.

L'eau était cristalline et glacée. Nous découvrions des pentes de galets, de blocs de roches épars, de falaises verticales, le tout peuplé de truites de fort belle taille.

Nous y avons fait des photographies, et même, si mes souvenirs sont exacts, un film, le tout en noir et blanc…heureusement. Je m'explique, après le développement et tirages des pellicules, dument impressionnées rapidement par l'EDF, il nous appartenait de faire le point sur place, devant un aréopage d'ingénieurs, et de situer sur un plan nos découvertes ainsi traduites.

C'était, bien évidemment, Galerne qui se chargeait de ces exposés hautement techniques.

En 1953, la photographie subaquatique professionnelle était dans les limbes.

Les grands photographes de l'époque préféraient, et pour cause, faire admirer leurs œuvres issues des eaux claires de la Méditerranée.

Mais en eau douce, il y avait peu d'amateurs…. A part nous. Bien obligés !

Et la qualité picturale s'en ressentait. Nous avions beau utiliser des pellicules sensibles de 400 ASA et l'éclairage de lampes flash magnésiques puissantes, le résultat obtenu nécessitait une interprétation, doublé d'un sens de la persuasion que seul Galerne possédait.

Ce qui donnait une démonstration virile d'André brandissant un tirage en noir et blanc brumeux :

- Voyez-vous messieurs, cette arête, qui se devine sur la gauche, représente, quand on la regarde bien, le bord de la falaise rocheuse situé sur notre plan en A 7.

Ledit plan réalisé par nos soins selon le modèle de la bataille navale couramment utilisé par les cancres, dont j'étais, dans le fond des classes de lycées et collèges.

Les représentants de l'EDF hochaient la tête, dubitatifs, se refusant de ne pas comprendre les explications d'un plongeur qui avait été à bord de la Calypso, compagnon du Cdt Cousteau.

Enfin, tout n'était pas flou, mais souvent nos connaissances en stabilités photographiques étaient peu approfondies.

Pour le diaphragme, temps de pose et distance, tout était réglé avant la mise en boîte de l'appareil, cela évitant un trop grand nombre de commandes sujettes à des entrées d'eau intempestives

Quant à l'éclairage, dont je fais état plus haut, il était obtenu par l'éclair de flash de lampes magnésiques PF 110, ce qu'il y avait de plus puissant sur le marché.

L'ennui de ce type de lampes, destinées à un usage de surface, venait d'une utilisation pour laquelle elles étaient loin d'être prévues. Quelques-unes fonctionnaient, mais d'autres, soit elles ne partaient pas, soit elles se remplissaient d'eau. Dans ce dernier cas, si le remplissage liquide n'était pas complet, on pouvait avoir le droit à une explosion, qui dans les cas les plus violents, vous secouait durement les tympans.

Le film réalisé, lui, fut un peu meilleur, montrant des galets, des cailloux, des galets, un bout de rocher, encore des galets et des cailloux. De temps en temps une ombre venait obscurcir l'objectif ; il s'agissait du compagnon de plongée chargé, par des mouvements aquatiques coulés, de dynamiser notre production.

Cette création frôlant un surréalisme abstrait, qui n'était pas encore d'époque, mais qui allait le devenir, aurait certainement sa place aujourd'hui, dans une présentation avant-gardiste cannoise. Galerne montant les escaliers du célèbre festival aux côtés des starlettes pulpeuses, cela aurait de la gueule, quand même ! Surtout accompagné de ses plongeurs de l'époque (dont la tenue s'est quand même civilisée depuis !)

Tout cela se passait donc dans une ambiance agréable, par un beau temps de juillet pyrénéen.

Cependant, pour les dirigeants de l'EDF, c'était une première. Certains s'inquiétaient, non pas des résultats obtenus, qui en fait étaient quand même probants, mais du personnel pratiquant. Disons-le, ils n'étaient pas du tout habitués aux joyeux drilles que nous étions, qui descendaient en plongée à 40 mètres de fond, en prenant cette activité de haut risque au milieu d'une détente et d'une rigolade continuelle.

Galerne nous avait bien pris à part, en début de chantier, spécifiant le sérieux de nos travaux, lui il osait même dire études, et le comportement tout aussi sérieux que l'EDF en attendait.

En fait, et comme à l'ordinaire, ses recommandations simplistes se bornaient à nous dire :

- Arrêtez de faire les cons !…c'est le moment de les accrocher !

Pas facile tout cela, car même si nous nous efforcions de prendre des airs componctueux lors des visites, qui furent nombreuses on s'en doute, cela ne pouvait pas durer.

Que voulez-vous, au moment de raccorder le détendeur CG 45 sur nos bouteilles d'air, le joint plat nous pétait au nez deux fois sur trois. Une bordée de jurons suivait, une poursuite était lancée pour retrouver le sac de joints, et catastrophe ! A la moitié du chantier, il n'y en avait plus, malgré qu'André, prévoyant, à chaque passage à la SPIRO réclamait le sac de joints « qu'il avait oublié la fois d'avant… »

Alors quand cédait ledit joint, on ressortait un vieux morceau de semelle de caoutchouc et, à l'aide d'un emporte-pièce de cordonnier, on en taillait un à coups de marteau sur un bois d'épave abandonné au bord de l'eau.

Evidemment nos représentants EDF regardaient cela avec circonspection, et ne comprenaient pas la confiance souriante que l'on accordait au reste du matériel.

Méfiants devant les risques encourus par cette profession audacieuse, ils avaient demandé à Galerne si notre état physique nous permettait l'exercice de notre métier vu notre âge, car tous n'étaient pas majeurs ou tout juste.

Les visites médicales rigoureuses actuelles ne figuraient pas au programme; un simple certificat du médecin de famille, spécifiant que nous n'avions pas la tuberculose et que l'on se portait bien, suffisait.

Aussi quelle fut notre surprise lorsque nous vîmes arriver, un beau matin, le responsable EDF de notre chantier accompagné d'un médecin, cardiologue de surcroît, qui traînait avec lui un mulet sur lequel était chargé un appareil cardiographe, n'ayant pas la taille réduite de ceux utilisés présentement. Pour faire bon poids, le quadrupède porteur supportait aussi une forte batterie destinée à alimenter l'appareil destiné à mesurer nos palpitations.

Galerne, éberlué, mais bon commerçant trouva l'idée géniale, bien sûr, avec un brin d'inquiétude, quand même soucieux des résultats à venir.

Cet examen médical de haut niveau, vu sa technicité et l'altitude où il avait lieu, se révéla excellent au-delà de toute espérance. Nous avions une forme cardiaque olympique.

Il est vrai que vu la nourriture, même plus abondante octroyée par EDF que celle de la péniche, notre taux de cholestérol et autres matières boucheuses d'artères était très bas. Quant à la cigarette et autres tabagies, Galerne y avait mis bon ordre, avec le faible montant des salaires attribués. Là encore, je me répète, mais n'ayons pas peur des mots, il avait cinquante années d'avance sur la lutte contre le tabac et ses effets nocifs !

Les travaux et études continuaient. Nous leur avons même fourni une courbe thermométrique, prouvant que si l'eau du lac était à 14° en surface, elle n'était plus que de 4° à 40 mètres. Ce qui fit dire à l'un d'entre nous

-   …que ce n'était pas la peine de se livrer à toutes ces simagrées pour savoir qu'on se les gelait au fond…

Froncement de sourcils de Galerne, s'atténuant très vite après qu'il eut constaté que le responsable EDF n'était pas dans les parages immédiats, et n'avait pas entendu cette affirmation prosaïquement réaliste.

Le chantier terminé, il fut remis des rapports, des photographies répertoriées sur des plans, un film et même, clou du spectacle, un diorama figurant la paroi du lac.

Pour les distractions, vous avez compris que, hormis la contemplation de la nature environnante, et merveilleuse certes, le choix en était réduit.

André, sachant qu'une bonne troupe de scaphandriers ne peut atteindre, tel des moines convers, la joie de vivre dans la seule élévation de l'esprit, avait mis au point un système de rotations et de visites au village de Porté, joignant l'utile, qu'il ne perdait jamais de vue, à l'agréable, enfin ce qu'il pensait en être.

Tous les trois jours nos réserves d'air dans les bouteilles de nos scaphandres autonomes étaient épuisées. Pour les remplir à nouveau, une équipe de deux plongeurs descendait le stock de bouteilles fixé sur le train de mulets guidés par le Sarde cité plus haut.

Arrivés au village, nous mettions en route le compresseur Luchard H8 dit Gigi-Boy.

Je vais m'arrêter quelques instants pour vous faire faire la connaissance de ce digne appareil remplisseur d'air comprimé.

Comme vous le savez tous, les scaphandres autonomes Cousteau-Gagnan sont remplis d'air comprimé à l'époque à 150 Kgs. Pour ce faire, il faut un compresseur. Jusque-là rien que de très simple. Surtout qu'aujourd'hui on trouve ce matériel dans tous les clubs de plongée.

En 1953, à part les militaires, ces outils n'étaient pas sur le marché.

Alors Galerne n'allait pas, comme je vous le répète souvent, se laisser arrêter par ce léger détail. Un ensemble de gonflage, on allait en fabriquer un ! Pas plus difficile que ça !

L'un des membres du Clan Sommer, Tonio, grand ami de Galerne, était toujours présent pour résoudre ces problèmes logistiques. Et nous avons, grâce à ses compétences étendues, été parfaitement équipé d'une station de gonflage.

Il faut néanmoins savoir que Gigi Boy, le compresseur, devait être refroidi à l'eau. Heureusement, Porté, village de montagne, avait des rues en pente et des abreuvoirs à vaches. Donc, très facilement, il suffisait de brancher un tube dans l'abreuvoir, de le raccorder au compresseur situé plus bas et nous avions ainsi une eau très fraîche qui, coulant par gravité, apportait le refroidissement nécessaire.

Ce compresseur était entraîné par un moteur de voiture Mathis. Véhicule dont on avait conservé l'arrière comme remorque supportant l'ensemble. Le moteur lancé à la manivelle bien sûr, le compresseur était embrayé en passant une vitesse de la boite d'origine. Il faut reconnaître et se rappeler que cet ensemble nous a toujours donné entière satisfaction.

Évidemment, la pétarade du mécanisme effrayait un peu la gent bovine qui, s'arrêtant plus haut dans la rue montante, contemplait nos travaux avec ce regard atone que ces animaux placides ont pour regarder passer les trains.

Les scaphandres une fois remplis, la journée se terminait et nous avions alors droit, suprême récompense, à être nourri et logé au restaurant-hôtel de Porté « Chez Michette » de Mme Reine, qui nous accueillait gentiment. Elle regardait d'un œil attendri ces jeunes gens affamés et qui ne rechignaient pas sur sa nourriture. Ensuite, toujours dans ce torrent de luxe, nous avions droit à un lit chacun, avec de beaux draps blancs. Comparé aux lits métalliques et à nos duvets dans le refuge d'altitude, c'était Byzance.

Le lendemain, nous remontions avec nos mulets chargés des bouteilles gonflées de l'air du bon Dieu, à 150 Kgs.

Tout se serait bien passé si nous n'avions pas été dans un secteur frontalier sensible, où le sport local de la contrebande de cigarettes avec la Principauté d'Andorre battait son plein.

Aussi, quelle fut notre surprise, alors que nous remontions vers le lac, d'être hélé par des individus en uniforme qui circulaient sur l'autre versant de la vallée.

Aux cris répétés et énergiques de « Halte à la douane!» nous avons de suite obtempéré.

Les gabelous finissent par arriver, satisfaits du coup international qu'ils venaient de réaliser, sûrs d'eux, mais un brin chafouin.

- Alors, mes gaillards, le tabac ne suffit pas, on fait dans l'alcool ?

Nous, les yeux ronds, on ne comprend pas, quand tout à coup, mais oui, ces braves gens pensent que nous transportons une gnole interdite dans les bouteilles fixées sur les brêles. Sentant la possibilité d'un canular naissant, nous prenons l'allure penaude du coupable pris en flagrant délit. Le gabelou chef, grand gaillard moustachu, insiste :

- Et en plus, vous ne faites pas dans le petit... il y a là "au moinsse" quelques centaines de litres.

Nous avons du mal à ne pas rire. Alors, on baisse la tête, pour ne pas que cela se remarque.

Notre plaisanterie a failli mal se terminer, car l'un de ces braves douaniers à voulut ouvrir le robinet d'un scaphandre. Et, dans ce cas, l'air qui fuse brutalement fait un vacarme et un sifflement d'enfer. La mule porteuse se dresse sur le postérieur, envoie le douanier à la renverse, coté falaise heureusement, et se met à ruer des quatre fers. Notre guide Sarde finit par calmer l'animal en lui parlant en italien et en patois, connaissant parfaitement ces deux langues.

Tête des gabelous, à qui nous finissons par expliquer leur erreur. On s'attend au pire de la part de ces représentants tatillons dans un secteur où ils sont, en plus, tout-puissants.

Mais eux non plus ne se sentent pas fiers. Aussi, pour essayer de réparer et de se rendre utiles, ils nous ont accompagnés jusqu'au lac. Galerne nous voyant arriver, ainsi encadrés, ayant repris nos mines contrites, se demandait ce que nous avions encore concocté.

Tout s'est terminé sur un grand éclat de rire, en compagnie des douaniers qui sont repartis vers d'autres gibiers plus appropriés à leur terrain de chasse.

Ce chantier du Lanoux a duré trois semaines. Il est resté pour les anciens, les premiers à en être, un repère de nos débuts. Il allait être suivi, mais un peu plus tard, par beaucoup d'autres.

Comme je le dis, je suis retourné à Porté Puymorens, il y a quelques années, et j'ai retrouvé le restaurant « Chez Michette ». Quand j'ai dit à cette gentille dame qui j'étais, elle partit chercher son frère en lui disant :

- Viens vite, il y a les hommes grenouilles, ceux qui travaillaient au Lanoux en 1953.

Malgré nos pitreries pas très sérieuses, il faut croire que nous avons souvent laissé de bons souvenirs.

Le pays de mon père, l'Andorre

par Bernadette Truno

Moment émouvant que la lecture de vieux papiers de famille sépia, piquetés de roux, recroquevillés aux angles, où j'ai retrouvé les seules choses graves de la vie des miens, avec ses raccourcis poignants, ses naissances et ses décès, bref, toute leur vie. J'y ai appris avec émotion que je descendais, du côté paternel, d'une longue lignée de bergers andorrans qui vivaient à Canillo, c'est à dire des "gens de peu".....

Le pays de mon père, l'Andorre, est un tout petit pays, limitrophe du département français de l'Ariège, de celui des Pyrénées Orientales et de la province espagnole de Lleida. En Andorre, la langue officielle est le catalan.

La légende affirme que l'Andorre aurait été fondée, en l'an 784, par Charlemagne. Avant cette date peu de choses sont connues si ce n'est que ce petit territoire a été traversé par Hannibal, puis conquis, comme une grande partie de la région, par les Wisigoths, enfin par les Arabes.

A en croire les Andorrans, c'est le futur empereur qui a délivré leur pays du joug des Sarrasins.

C'est par cette légende que débute l'hymne andorran :

"Le Grand Charlemagne, mon Père,
des Arabes me délivra
et du Ciel, vie me donna ;
De Meritxell, la Grande Mère,

Princesse je naquis et héritière.
Entre deux nations neutres,
je suis la seule fille
qui reste de l'Empire de Charlemagne.

Croyante et libre durant onze siècles,
croyante et libre je veux rester.
Que les chartes soient mes tutrices
et mes princes, mes défenseurs
Et mes princes, mes défenseurs!"

Le 8 septembre 1921, jour de la fête nationale de l'Andorre et du pèlerinage à la Vierge de Meritxell, cet hymne fut interprété pour la première fois. Il est le fruit de la collaboration de deux religieux andorrans : Monseigneur Benlloch, coprince d'Andorre, pour le texte, et pour la musique le prêtre Mossèn Marfany.

Vestige archaïque et attachant d'une époque lointaine, l'Andorre a conservé du Moyen Age, jusqu'au 6 décembre 1988, ses traditions et sa forme de gouvernement. Le 8 septembre 1278, l'Andorre fut placée sous l'autorité conjointe de deux Co-Princes, Pere d'Urtx, l'Evêque D'Urgell, et Roger Bernat III, le Comte de Foix et de Navarre, signataires de ce premier "pareatge". Ce paréage régularisait la possession indivise de la seigneurie andorrane entre les deux seigneurs, en définissant les attributions respectives en matière de justice et d'impôt. Depuis Henri IV, les Rois de France succèdent aux Comtes de Foix et de Navarre. Après la chute de la royauté c'est le Président de la République Française qui assure la fonction en Co-principauté.

En outre cette principauté possède l'originalité d'être composée de 7 paroisses et cela depuis sa fondation, ce qui révèle la puissance de l'Eglise. C'est le pays des chapelles romanes et non pas des châteaux forts. Elle est restée isolée jusqu'en 1913 à cause de son relief accidenté et par manque de voies de communication.

L'Andorre de mon père, celle du début du XXème siècle, est une terre violente avec des monts puissants, enclavée entre deux frontières : la France et l'Espagne. Une barrière de hauts sommets, de 2000 à 3000 mètres, l'isolent de la France. On ne peut y accéder que par le col d'Envalira, 2408 mètres, souvent enneigé et toujours balayé par les vents. Les communications avec l'Espagne par la vallée du Sègre sont beaucoup plus faciles. A 700 mètres d'altitude elles peuvent se faire en toutes saisons. Les trois Valira, vallées étroites en forme de Y, éventrent les montagnes. D'abord torrents tumultueux puis rivières rapides, regroupées en une seule, elles se jettent dans le Sègre pour venir mourir dans l'Ebre.

L'Andorre, à cette époque, n'avait point connu l'intervention de l'homme. Le relief tourmenté, inhospitalier, se présentait comme le royaume du minéral. La lutte entre la roche et les eaux vives révélait une nature sauvage demeurée dans sa pureté originelle, sabrée de gorges et de ravins où se heurtaient des torrents impétueux. Brusquement, ces monts hostiles servaient d'écrin à des lacs qui témoignaient de la dernière manifestation du volcanisme pyrénéen, tels de véritables grains d'un chapelet de cristal.

Sur cette terre, écartelée par ses frontières, vivaient des hommes libres, montagnards durs souvent rebelles, arpentant les sentiers muletiers chers aux contrebandiers. Il semble que les lieux eux-mêmes participaient aux drames des hommes qui étaient nés d'eux. La vie était rude en ce temps-là. L'aridité de la terre sécrétait la rudesse des hommes et des femmes de ce pays. En témoigne "Andorra ou les hommes d'airain" d'Isabelle Sandy. Ce roman donna la célébrité à cette romancière ariègeoise. Le film éponyme, qui s'en suivit, suscita un engouement pour l'Andorre peu connu jusqu'alors.

A Lavelanet, mon père, c'était "l'Andorran". Je ne comprenais guère pourquoi, mais j'avais l'intuition, bien que très jeune, que ce surnom était assez méprisant. J'enrageais en silence : je le ressentais comme une blessure.

Mon père avait appris le français tout seul et même le patois local. A quatorze ans, pour fuir la misère d'Andorre, car son père, José Vidal-Canut, berger à Canillo, venait de mourir, il allait faucher les prés de l'Hospitalet pour nourrir sa mère et ses frères. Puis, il est parti chez un riche oncle dans l'Hérault où il travailla comme une bête de somme dans le domaine viticole. Tout ce qu'il gagnait était destiné à sa famille qui a pu ainsi aller vivre à Lavelanet. Ce fut la chance de sa vie : un vieux marchand de vin, sans enfant, qui le tenait en grande estime, lui offrit son commerce de vin. Mon père partait à pied avec la charrette et le cheval pour aller chercher le vin, dans les Pyrénées Orientales. A Quillan, il louait une paire de bœufs pour pouvoir monter la célèbre côte. C'était un vrai sportif qui aurait été bien étonné si on le lui avait dit. Sec sans une once de graisse : le chirurgien Jean Gauthier avait déclaré à ma mère qu'il avait eu du mal à inciser la paroi abdominale lors de l'ablation de l'appendice de son patient.

A la maison il ne parlait pas le catalan. Il souhaitait pour ma soeur et moi une éducation française. Il voulait un garçon, il eut deux filles. J'étais son garçon manqué. Chaque dimanche, je l'accompagnais au stade Paul Bergère et lorsque Lavelanet perdait, il jurait en catalan contre l'arbitre. Un cercle se formait autour de lui, il se défendait avec ses poings et vivait chaque match comme si sa vie en dépendait.

Il est vrai qu'il n'avait jamais eu d'enfance ni de tendresse. En Andorre, jamais de pain tendre. Du pain rassis et parfois moisi. Sa qualité d'aîné ne lui valait que rudesses. Il est resté toute sa vie "un homme d'airain" andorran. Je pense souvent, à présent, en me revoyant enfant, que j'étais une "petite fille d'airain" pour le plus grand plaisir de mon père et le désespoir de ma mère.

De loin en loin, nous recevions ses cousins, les Rossell, notables andorrans de la paroisse d'Encamp, qui se rendaient en pèlerinage à Lourdes. A cette occasion, mon père retrouvait sa langue maternelle et cela me plaisait beaucoup.

Pour ma communion solennelle, la famille Rossell revint à Lavelanet. J'en ai été très fière et m'en suis vantée auprès de mes copines. Je les revois, grands, lourds, vêtus de sombre, suivant avec ferveur et piété le déroulement de la cérémonie. Leur soeur, Montserrat, elle aussi vêtue de noir me faisait penser à la Colomba de Prosper Mérimée. Il est vrai que Roc et Amadeu Rossell avaient fait leurs études au séminaire de Ripoll. Ils ne se seraient jamais endormis dans le confessionnal comme mon père le fit, le jour de ma confirmation. Il avait servi du vin jusqu'à la dernière minute, le magasin restant ouvert du matin au soir!

L'Andorre, c'était pour moi un mot mystérieux. Les seuls vocables qui étaient tombés dans mon oreille attentive étaient Canillo et Encamp. Lorsque mes parents décidèrent d'aller chez les cousins Rossell, j'avais 14 ans et j'étais ravie. Dans la vieille automobile qui ne démarrait qu'à la manivelle, le trajet fut long. La route accidentée et sinueuse, avec de grands virages en épingle à cheveux, m'impressionna beaucoup. Le passage de la frontière, gardée par les douaniers, fut vraiment angoissant. Un kilomètre avant d'y arriver, nous avions fait une courte halte pour permettre à mon père, derrière des murets de pierres, de cacher une certaine somme d'argent qu'il avait emportée et que nous n'avions pas le droit de passer. Le séjour de ma mère à Encamp fut gâché par le souci de retrouver la cachette et l'argent à notre retour en France.

A Encamp, tout était nouveau pour moi. J'ai fait la connaissance d'autres cousins Rossell d'à peu près mon âge. C'est avec eux que je fis ma première ballade en montagne au lac d'Engolaster. Je découvrai les baignades dans l'eau glacée, les promenades sportives avec les cousins dont l'un d'entre eux parlait à "Radio Andorra" ce qui lui valait mon admiration. Et qui plus est, une nourriture nouvelle et épicée qui m'emportait la bouche.... Dans les ruelles étroites, bordées de grandes maisons en pierres taillées, je sentais les regards qui m'observaient, moi, l'étrangère, entourée de quatre garçons. Je quittai Encamp avec regret.

A la fin des vacances, je repartis pensionnaire au lycée de jeunes filles de Saint-Sernin à Toulouse. Aussitôt rentrée, une surprise ! J'étais convoquée devant la directrice du lycée en raison d'une lettre d'amour que m'avait adressé mon cousin Edouardo, mon aîné de trois ans, lui-même pensionnaire à Prades.

Le temps a fait son œuvre, il a emporté mon père, Antoine Vidal Canut, et tous ceux de ma famille andorrane que j'ai connus.

L'Andorre de mon père n'est plus. Seule, résiste bravement, la grande et belle maison en pierres de taille du cousin Roc Rossell d'Encamp. C'est la gardienne de mes souvenirs heureux, de mes vacances d'adolescente.

La Maison des Vallées en Andorre (Michel Rigel)

L'Avaleur d'Etoiles

par Corinne Toupillier

Une très mauvaise grippe m'avait mis complètement à plat. Le médecin avait suggéré à mes parents de me faire passer un peu de temps à la montagne pour me requinquer. Ramon, un des collègues de mon père lui proposa de m'envoyer chez son oncle Felip en Andorre.

Je n'avais pas la moindre idée où se trouvait ce pays — pardon, cette principauté, avait rectifié mon père — et je m'étais précipité sur Internet pour ne pas avoir l'air trop bête. Mon Dieu, que c'était petit ! Qu'est-ce que j'allais bien pouvoir faire là-bas ? Mais Ramon était si enthousiaste, quand il parlait de son « pays », qu'il parvenait presque à me faire envie !

Il prit donc contact avec son oncle qui, d'après lui, était ravi d'avoir de la compagnie.

Trois jours plus tard, mon père me déposait chez Felip à Encamp. De Tarascon-sur-Ariège, où nous vivions, ce n'était pas très loin.

Felip était très sympathique et je me sentis de suite à l'aise avec lui. C'était un écologiste convaincu, fou des joies de la nature.

– Tu vas voir, petit, ici tu vas te refaire une santé !
Je vais t'emmener te promener, on va aller à la pêche,
tu vas te régaler !

L'idée de belles balades me plaisait bien, mais la
pêche… Enfin ! Ma mère dit toujours qu'il ne faut pas
avoir d'a priori.

Le dîner fut délicieux et je dormis comme je ne
l'avais pas fait depuis bien longtemps. D'une seule
traite et sans rêve !

À mon réveil, Felip m'attendait. Après toilette et
petit déjeuner, il m'indiqua le planning de la journée.
D'abord quelques courses suivies d'une petite virée
pour me faire admirer la ville et notamment une maison
typique, la Casa Cristo, où je verrai le style de vie
d'une famille andorrane à la fin du XIXe siècle. J'ai
adoré. Le guide était passionnant et j'ai découvert avec
plaisir les trois étages de cette maison-musée.

Puis nous fîmes un tour pour admirer les
magnifiques paysages environnants. Felip avait raison,
je ne fus pas déçu !

Nous sommes ensuite rentrés à la maison, et il me
proposa d'aller visiter le musée de l'automobile et celui
de l'électricité avant la fin de mon séjour.

Pour les deux jours à venir, il avait un autre projet :
la pêche ! Je m'efforçai de faire contre mauvaise
fortune bon cœur, parce que, franchement, ça ne
m'emballait pas du tout ! Rester à se geler en regardant
une ligne jusqu'à ce qu'un poisson égaré se décide à
s'accrocher à l'hameçon, très peu pour moi ! Mais cet
homme m'accueillait, s'efforçait de me faire plaisir,

alors, la moindre des politesses était que je me plie à ses propositions.

- On va rester deux jours ? demandai-je déjà inquiet.
- Oui, nous dormirons dans un refuge. Tu verras c'est sympa comme tout.

J'essayai d'imaginer l'aspect aventurier de cette sortie, afin de me persuader que j'allais y prendre du plaisir !

L'après-midi se passa calmement, Felip me conta l'histoire d'Andorre, une terre totalement inconnue pour moi, quelques jours auparavant. Il me raconta aussi la fois où il avait sorti une truite de plus de 30 cm, ce qui semblait être un exploit… Je ne me rendais pas vraiment compte, mais poliment, je le félicitai !

Le lendemain, passant devant le musée de l'automobile, nous avons traversé et pris la direction du lac d'Engolaster. Nous avons attaqué un chemin de pierres, agréablement bordé de potagers, puis avons franchi une rivière à l'eau cristalline avant d'atteindre un bois très dense fait de mélèzes et de sapins et, enfin, le fameux lac. En route, j'avais regardé les écriteaux qui parlaient de la faune et de la flore environnante et pu admirer les torrents qui dévalaient de la montagne. Ces panneaux, m'avait expliqué Felip, fonctionnaient à l'énergie solaire. Quant aux torrents, ils se jetaient dans le lac, fournissant de l'énergie électrique grâce à une petite centrale hydraulique, située sous le barrage.

Il m'avait précisé qu'il ne servait à rien de partir tôt, car la meilleure heure pour pêcher était le coucher du soleil. Donc, lorsque nous sommes arrivés, il me fit faire un tour afin d'admirer le paysage, et les sommets encore enneigés.

Lorsque le jour commença à décroître, il sortit le matériel et m'expliqua. J'avais déjà été à la pêche en rivière avec mon grand-père (d'où mes réticences, car je m'étais prodigieusement ennuyé), mais il me dit d'oublier tout ce que je savais ! J'acceptai. Il sortit d'une boîte des vers de terre puis… des sauterelles et les cannes à pêche. Il me montra la technique du lancer roulé, et je lui dis que ce n'était pas gagné !

Quand il lui sembla que l'heure était venue, il se mit à empaler les insectes vivants, ce qui me plut très moyennement ! Il me proposa d'essayer, mais je préférai le laisser faire. Nous avons ensuite commencé à taquiner la truite ! Le temps se traînait sans que je prenne aucun plaisir à cette activité, d'autant que Felip exigeait bien sûr le silence ! Je me contentai de regarder le paysage qui, il fallait bien l'avouer, était magnifique. Mon hôte finit par avoir une touche et attrapa une truite d'une belle grosseur, ce qui me redonna un peu d'enthousiasme. Effectivement, quelques instants plus tard, ce fut mon tour, et avec son aide, je sortis moi aussi le poisson tant attendu. Nous continuâmes et de nouveau il sortit quelques truites.

La nuit tombant, le paysage avait revêtu des airs quelque peu fantasmagoriques. L'ombre des arbres, la réverbération sur l'eau, la lune bien haute dans le ciel créaient une atmosphère très particulière.

Felip était un amoureux de la nature, en extase devant ce panorama dont il semblait ne pas se lasser. Après ces quelques prises, il me proposa d'arrêter.

– Ce lac est un des plus beaux d'Andorre, tu sais ? Tu ne trouves pas cette ambiance agréable ?

– Si, tout à fait.

– Sais-tu ce que dit la légende ?

– Non, pas du tout.

– Elle prédit qu'un jour, ou plutôt une nuit, tous les astres succomberont au charme de ce lac, qu'ils tomberont dedans, et resteront prisonniers à jamais de ses eaux. D'ailleurs, c'est de là que vient son nom: « Egula Asters » signifie « Avaleur d'Étoiles » !

– C'est une belle légende ! commentai-je. D'ailleurs, il a de bien jolis reflets irisés, comme si des étoiles étaient déjà tombées dedans.

– Tu as l'âme d'un poète, mon petit Alex, ça me plaît bien ! Celui qui sait voir les merveilles de la nature est un homme heureux ! Même si ce lac n'est pas naturel, il est magnifique et original avec sa forme de pain.

D'un seul coup, sans raison apparente, le vent se leva et se mit à souffler très violemment. J'avais froid. Nous étions quand même à plus de 1600 mètres d'altitude. Felip était équipé, il me fournit écharpe, gants et bonnet et je ne me fis pas prier pour me couvrir. J'avais aussi une veste bien chaude et nous avions apporté tout le nécessaire pour passer la nuit dans un refuge. Je me demandais, cependant, ce que penseraient mes parents de cette idée de dormir dans la montagne alors qu'ils m'avaient envoyé ici pour me refaire une santé !

– C'est bizarre ce vent, ne pus-je m'empêcher de remarquer !

– C'est un phénomène courant par ici. Cela ne dure pas, mais ces mini-tempêtes sont impressionnantes par leur violence. Ne t'inquiète pas, le refuge n'est pas loin. Attends-moi, je range le matériel.

Le vent et les torrents qui se déversaient dans le lac, comme s'ils sortaient de nulle part, provoquaient des remous inquiétants et je ne pouvais en détacher mon regard.

Des formes se dessinaient sous mes yeux. Il me semblait distinguer des maisons, des rues, toute une vie qui s'animait sous l'eau.

– Viens, Alex, nous allons nous mettre à l'abri dans le refuge.

La voix de Felip me parvenait de très loin, comme si j'étais dans un rêve et qu'il essayait de me réveiller. Un rêve dont je n'avais pas envie de sortir. Une épaisseur cotonneuse semblait faire écran et empêcher les sons de m'atteindre.

– Tu m'entends Alex ? Viens, tu vas prendre froid !

Je voulais bouger, mais j'en étais incapable. Une scène étrange se déroulait sous mes yeux et j'étais fasciné : une femme discutait avec un homme tout en cuisinant. Elle était vêtue comme une paysanne, et lui comme un « gueux », comme disaient mes livres d'histoire. Je ne comprenais pas leurs paroles, mais je sentais la tristesse de l'homme et une sorte de dédain de la part de la femme. J'entendais un vague murmure qui me susurrait une seule et même phrase « Sois bon avec les pauvres… sois bon… »

— Alex, s'il te plaît, viens ! Si tu retombes malade, tes parents ne me le pardonneront pas !

Les mots roulaient dans un brouillard ouaté…

Je ne sais pas combien de temps cela dura, mais c'est un énorme coup de tonnerre et les terribles éclairs qui illuminèrent brutalement le ciel, qui me firent réagir. Toutes les images se brouillèrent devant moi, comme si elles avaient été emportées par une vague gigantesque, un véritable tsunami !

En même temps, je me sentis soulevé par des bras puissants jusqu'au refuge où je fus enfin à l'abri. Felip me frictionna, m'enveloppa dans une couverture et alluma un feu.

— Bon sang, Alex, qu'est-ce qui t'a pris ? Pourquoi tu ne me répondais pas et pourquoi tu ne bougeais pas ? Tu m'as fait peur ! Reste près de la cheminée, mon grand, réchauffe-toi. Les nuits sont fraîches ici.

Je voyais bien qu'il me regardait d'une manière étrange. Il fallait que je lui explique.

— Felip ?
— Oui, Alex ?
— Si je te raconte quelque chose, tu ne vas pas me prendre pour un dingue ?

– Dis toujours, on verra bien, répondit-il en riant.

Je lui décrivis ce que j'avais vu. Il resta un moment silencieux puis se leva et sortit une thermos qui contenait une soupe bien chaude. Il vint ensuite s'asseoir à côté de moi et posa deux timbales devant nous sur ce qui faisait office de table.

– Est-ce que tu as déjà entendu la légende du Lac d'Engolaster ? Pas celle des étoiles, une autre.

– Non. C'est la première fois que je vois ce lac, et même que je viens en Andorre.

– C'est très étrange…

– Pourquoi ? Qu'est-ce qu'elle dit cette légende ?

Felip finit sa soupe bien chaude, attendit que j'aie fait de même et sortit les sacs de couchage. Il me dit de m'installer confortablement. Je restais assis, emmitouflé jusqu'aux oreilles. Le feu qu'il avait allumé crépitait dans la rudimentaire cheminée, projetant des ombres mouvantes sur les murs de pierres. Tout en épluchant des pommes, il commença :

– Il y a fort longtemps, d'après la légende, à la place de ce lac, il y avait un village qui s'appelait aussi Engolasters. Un jour, un vagabond arriva. Il était sale, barbu, chevelu, et mal habillé. Il passa devant une maison qui sentait bon le pain tout chaud. Peut-être bien une boulangerie, on ne sait pas.

Il frappa. Une femme lui ouvrit, elle était effectivement en train de faire du pain. Il lui demanda de lui en donner un morceau parce qu'il mourait de faim. « Pour l'amour de Dieu », supplia-t-il. La femme se moqua de lui. « Je crois bien que Dieu t'a oublié, car je n'ai plus de pain rassis et celui-là n'est pas encore cuit ». Remarquant qu'il restait des petits morceaux de pâte sur la table, il lui demanda de lui faire un tout petit pain avec ces morceaux. Elle haussa les épaules, mais le fit. Seulement, quand elle sortit les deux pains du four, ils étaient aussi gros l'un que l'autre, et elle refusa de lui donner un aussi beau pain. Il y avait encore des petits bouts de pâte sur la table et il réitéra sa demande, disant qu'il était vraiment très affamé. De nouveau, elle accepta, et cette fois encore, à la sortie du four, le pain était aussi gros que les deux premiers. Elle refusa une nouvelle fois de le lui donner.

« D'accord, lui dit-il, ramasse juste le peu de farine qui traîne et fais-moi un tout petit pain. Dieu t'en sera reconnaissant, tu verras ». À sa surprise, la farine gonfla et de nouveau un pain magnifique sortit du four. « Celui-là est pour moi ? demanda le mendiant avec des yeux d'envie». Mais elle ne pouvait se résoudre à lui donner un aussi joli pain.

Elle décida de lui dire de s'en aller, mais elle n'en eut pas le temps. Quand elle se retourna, le miséreux était parti, dépité. Il se rendit au sommet d'une montagne où il rencontra un berger qui accepta de partager son pain avec lui. Tandis que la femme regardait, étonnée, la porte de sa maison restée ouverte, un énorme coup de tonnerre retentit, des éclairs fendirent le ciel et la terre se mit à trembler. L'eau dévala des montagnes avec une force inhabituelle et toute la vallée fut inondée. La femme eut juste le temps de voir une vague gigantesque qui se précipitait vers elle. Pendant sept jours et sept nuits les éléments se déchaînèrent, maisons et habitants furent recouverts et emportés. Dans le vent qui soufflait, une voix murmurait « Soyez bons avec les pauvres du Christ, soyez bons… ». Assis en haut de la montagne, le berger, auquel le mendiant avait conseillé de ne pas bouger, contemplait la vallée. Lorsque la nature se calma, il n'y avait plus trace du village, mais à sa place se trouvait ce magnifique lac, en forme de pain… La légende dit que ce pauvre hère n'était autre que Jésus-Christ, venu tester le cœur des hommes et leur générosité. Je ne sais pas si c'était Jésus, mais, par contre, aussi étrange que cela puisse paraître, je sais que des documents qui datent du XIIe siècle attestent de l'existence d'un village à cet endroit.

Quand Felip acheva son récit, je restai perplexe. J'avais bel et bien vu une femme, et un mendiant. Et j'avais également entendu les paroles… Que je sache, je n'étais pas médium, ni quoi que ce soit de ce genre. Tout cela était très perturbant.

— Qu'est-ce que tu en penses, Felip ?

— Ma grand-mère disait que les cœurs purs voient bien mieux que chacun de nous avec nos yeux…

— Et c'est moi le cœur pur ?

— On dirait bien…

J'étais partagé entre l'envie de rire, ce terme était si archaïque, et un sentiment que j'avais du mal à analyser, qui me plaisait et me dérangeait à la fois.

— Tu sais, Alex, dans chaque légende il y a un fond de vérité. Que s'est-il passé dans ce village avant qu'il ne soit englouti ? Quels méfaits ses habitants ont-ils commis ?

– Tu crois que c'est un coup de la justice divine s'il a disparu ?

– Je n'ai pas les réponses, mon grand. Comme toi, je m'interroge. Je ne crois pas au hasard. Si tes pas t'ont conduit ici et si tu as eu cette vision, il y a sans doute une finalité. Peut-être t'apparaîtra-t-elle un de ces jours ?

– En attendant, je peux te demander quelque chose ?

– Bien sûr.

– N'en parle pas à mes parents. Je n'ai pas envie qu'ils me regardent comme une bête de foire, ni qu'ils me fassent examiner par tout un tas de médecins !

– Les neuroscientifiques, les spécialistes du cerveau se trouvent confrontés à des personnes, des situations qu'ils ne peuvent pas toujours expliquer. Peut-être que nous n'avons pas encore exploré toutes nos capacités mentales...

– En tous cas, je n'ai pas envie de servir de cobaye.

– Tu as raison. Il est l'heure de dormir. Bonne nuit Alex.

– Bonne nuit, Felip.

Le lendemain midi, il fit griller les truites que nous avions pêchées la veille. Du refuge, il avait sorti une plaque en ardoise qu'il avait graissée avec un morceau de lard, sorti de son sac isotherme. Face à mon regard intrigué, il m'expliqua que c'était un mode de cuisson traditionnel en Andorre. C'était délicieux.

L'après-midi, il m'emmena faire le tour du lac par un joli chemin de berges très praticable. Puis, en fin de journée, nous redescendîmes vers Encamp. Je ne pus m'empêcher de me retourner et de jeter un regard perplexe vers le lac dont les reflets nacrés brillaient sous le soleil couchant.

Que pouvait-il bien se passer là-dessous ?

Un peu fatigué, mais heureux de ces deux belles journées, je m'endormis facilement. Lorsque je fermai mes paupières, j'entendis le murmure du vent et une pluie d'étoiles se mit à tomber dans le lac qui sembla s'animer imperceptiblement...

Quelle tuile !

par Jean Christophe Vertheuil

Albert achevait de garnir la monumentale cheminée campagnarde avec des brindilles de bois sec. Il y adjoignit quelques écorces et morceaux de costiers d'épicéas exsudant encore des perles d'ambre. Il les disposa en un savant échafaudage comme si la construction devait perdurer.

- S'il te plaît, laisse-moi craquer l'allumette, supplia Odette.

Le silence du séjour fut troublé par le frottement soyeux de la boîte, le craquement sec de l'allumette et le discret frou-frou de sa robe à fleurs. D'une main tremblotante, elle glissa cette dernière sous le tortis de feuilles de journaux inséré au milieu du fagot. Aussitôt, une flammèche hésitante vint lécher les premières brindilles. Bientôt, l'ensemble s'agita au rythme du joyeux ballet des flammes de l'âtre. Son front parcheminé se teinta de rouge accentuant rides et pattes d'oie. Elle recula de deux pas, silencieuse. Ses yeux, saupoudrés d'un bouquet d'étincelles, comme ceux d'un haruspice après un sacrifice, suivaient les volutes fleurant bon l'odeur douceâtre de résine. Les frêles arabesques, en danse éthérée, s'élevèrent dans la hotte, tel l'encens d'une grand'messe. Satisfaite par son ouvrage, elle se retourna vers son mari et lui déclara :

- Que c'est beau ! Ne trouves-tu pas Albert ?

- Oui, ma chérie, tu as raison. Il y a si longtemps que tu attendais cet instant ! Demain, je me rendrai au village afin de remercier l'artisan qui a refait l'avaloir. L'hiver n'aura qu'à bien se tenir !

Août battait son plein. En apparence, rien ne justifiait cette flambée si ce n'est la jouissance que seule peut donner la sensation de se sentir enfin chez soi. Quel dépaysement ! Odette et Albert avaient vécu en banlieue parisienne, attendant avec impatience l'heure de la retraite. Sou à sou, le couple avait économisé, espérant fuir un jour leur banlieue devenue irrespirable. Depuis que les médias ne parlaient plus que de taux d'ozone, de dioxyde de carbone et d'autres gaz tout aussi nocifs, de la violence omniprésente rendant leur promenade hasardeuse, ils ne rêvaient plus que d'air pur, de silence et de bonheur tranquille. Ils avaient acheté ce modeste pavillon de meulière et son lopin de terre dans les années 55. A cette époque, presque la campagne ! Chaque jour, de leur chambre, leurs yeux caressaient d'envie la Tour Eiffel.

Le temps passant, franchissant le Bois de Boulogne, la Pieuvre étendit ses mortels tentacules en bords de Seine. Progressivement, elle dévora chaque parcelle de terre des coteaux clodoaldiens, les remplaçant par des plaques de béton. Des bâtisses, dites modernes, y poussèrent plus vite que des champignons. La Tour se cacha à leurs regards. Pollutions diverses jaunirent puis flétrirent rosiers et lilas qui embaumaient leur jardinet. Afin d'éviter que des maladies ne les étiolent avant la récolte, les légumes furent traités. Papillons et abeilles ne vinrent plus butiner. Les rosiers furent remplacés par des troènes. Les légumes par de la pelouse. Le sourire se fit chaque jour plus amer.

Chaque vendredi, Odette prit l'habitude de se rendre au marché pour les commissions. Un à un, les visages amis disparurent. Seul leur souvenir vivait encore dans les albums jaunis, du temps où leur chez-eux s'apparentait à un village. A leur installation, derrière leur petit pavillon, même des vaches paissaient dans les champs d'herbes folles sous l'œil bienveillant de leur chère Tour. Au lait crémeux de la ferme se substituèrent les berlingots du supermarché. Les nouveaux citadins vaquaient, pressés. Le panier rempli de victuailles, ils s'en retournaient dans leur prison de béton cuisiner les légumes tout en se gavant de télévision. Faute de rencontrer une interlocutrice avec qui potiner sur des choses sans importance de la vie, le temps consacré aux emplettes se racornit.

Bref, à partir des années 80, Odette et Albert ne se sentirent plus chez eux. Pis encore, ils se considéraient comme transplantés dans un univers qui leur échappait. Quand les rayons pudiques du soleil s'emberlificotaient dans les antennes de télévision des immeubles et qu'Albert jardinait, c'est tout juste si les voisins ne l'observaient pas comme une espèce animale en voie d'extinction protégée par le W.W.F.. Parfois, l'un ou l'autre glissait un petit mot, curieux de savoir à quoi il s'affairait. Alors, prenant la pose photo-souvenir, avec un large sourire, Albert répondait :

- Moi, Monsieur, je survis !

Avec le temps, même l'ocre et le rouille argenté des meulières commencèrent à faire grise mine. L'ampélopsis découvrit sur la façade de larges cicatrices. Les crampons dédaignaient la rugosité maculée du support. La décision fut donc prise de quitter ce lieu qui, des décennies durant, avait été un havre de paix. A peine avaient-ils écrit sur un calicot tendu au-dessus du seuil « A vendre » que les promoteurs se pressèrent. Les arpents de terre constructibles étaient devenus si rares ! Albert, conscient de l'inestimable valeur de son trésor, écoutait sans mot dire les promesses mirifiques. De temps à autre, un hochement de tête ou un sourire sardonique. Les enchères montèrent. Les plus malhabiles allèrent jusqu'à leur offrir un vaste appartement dans l'une des cages qu'ils se proposaient de construire en lieu et place de feu leur propriété. Quel manque de tact !

Odette alla s'asseoir dans l'un des deux fauteuils qui encadraient la cheminée afin de goûter au plaisir d'un feu crépitant de joie. Sur le trumeau, elle avait tenu à ce que son mari installât une photo de leur ancien pavillon avec en toile de fond les murs de béton. Elle le connaissait trop bien pour savoir, qu'un jour ou l'autre, il ne manquerait pas de maugréer. On leur avait dit que, l'hiver, quand le vent soufflait en rafales, s'édifiaient d'infranchissables congères. Dans ce cas, le plateau restait pendant plusieurs jours isolé du monde. Parfois, le poids de la neige sur les caténaires privait les montagnards d'électricité. Sur le manteau de la cheminée, au cas où, trônaient en permanence deux anciennes lampes à pétrole en cuivre. Ce fut la seule raison qui fit marquer un temps d'hésitation avant qu'Albert ne couchât sa signature en bas de l'acte de vente.

Cette maison s'était avéré une affaire ! Depuis quand n'était-elle pas habitée ? D'après Maître Fernandez, au moins deux générations. Questionné sur le pourquoi, ce dernier s'était borné à répondre :

- Oh ! Vous savez comment sont les jeunes d'aujourd'hui ? Il leur faut du bruit, du monde, de la vie quoi ? Qui, à part les anciens comme vous et moi, accepterait de vivre dans une maison au milieu des bois à quelques kilomètres de la première habitation ?

L'explication sembla fort logique. Désirant le calme, la tranquillité et surtout l'air pur, d'un geste résolu, Albert apposa son paraphe, en bas de chaque page, à côté de celui d'Odette. Impatiente, elle avait signé la première. Le notaire avait déclaré en lui tendant son stylo à plume :

- Honneur aux dames !

Était-ce par courtoisie ? Ou bien afin d'être certain que cette vieille bâtisse fût enfin achetée après plus de cinq années de mise en vente ? Qu'elle était vieille ! Ne servant plus de demeure, moyennant un loyer symbolique, le propriétaire l'avait concédée à un artisan chauffagiste du canton. Le rez-de-chaussée servait d'atelier et l'étage d'entrepôt. Au printemps dernier, au cours d'une excursion dans la région, ils l'avaient découverte par le plus grand des hasards. Sur ce plateau de la haute Ariège, loin du tourisme de masse, ils étaient tombés, émerveillés, sur une vaste étendue herbeuse couverte de narcisses butinés par des nuages d'abeilles et de papillons. Toutes choses depuis longtemps disparues de leur jardinet. Odette, à qui ces dernières manquaient tant et qui, de sa vie, n'en avait jamais vu autant, cueillit d'énormes brassées de ce fabuleux trésor. Elle se crut au paradis. Albert prit des photos. Puis, par ce jour ensoleillé de Pentecôte où tournoyait dans l'air cristallin un couple de buses en quête d'une proie, ils étaient arrivés devant cette maison. En soi, elle n'avait rien d'extraordinaire sauf de se trouver à proximité du champ de narcisses. Sur le linteau était inscrit : A vendre !

- Voilà ce qu'il nous faut ! Qu'en penses-tu mon chéri ?

Albert se contenta d'un sourire avant d'entreprendre le tour de l'ancestrale bâtisse.

- C'est du solide ! Rien que de la pierre de taille. Du bon calcaire… sûrement des environs. La toiture ne me semble pas être en trop mauvais état.

Puis, comme un voleur, il s'était approché d'une fenêtre. Il manquait un volet. Il avait alors glissé un œil à l'intérieur. Atterré, il découvrit un bric-à-brac digne d'un brocanteur de l'ancien temps.

- Il y a même une cheminée !

Odette s'était alors précipitée, ravie. Il n'en fallut guère plus pour décider les deux jeunes retraités. Un coup de fil. Maître Fernandez leur fixa un rendez-vous pour le lendemain. Le prix demandé leur sembla dérisoire. Pas même celui d'un studio en banlieue parisienne ! Le surlendemain, le notaire les conduisit visiter les six pièces. Ils déchantèrent un peu, non à cause du désordre qui encombrait chacune d'elles, mais en apprenant que, s'ils disposaient de l'eau courante alimentée par une source vive, il n'existait ni chauffage central, ni salle de bain. La cheminée faisait, comme au bon vieux temps, office de cuisinière. Aussi marchandèrent-ils. Le prix fut sérieusement révisé à la baisse. Satisfaction tant du notaire que de ses clients. L'argent économisé ainsi permettrait de faire faire les travaux nécessaires pour une remise en état.

Le mois d'août suivant fut idyllique. Seul un petit incident en troubla la sérénité. Un matin, alors qu'Albert était descendu au village, avec un sourire un peu narquois et l'œil rieur, la boulangère lui dit :

- Alors, comme ça, c'est vous les nouveaux propriétaires de la maison du capitaine ?

Albert ignorait tout de ce capitaine n'ayant rencontré qu'un petit employé de banque qui, en tant qu'unique héritier, avait signé l'acte de cession de propriété. Il ne lui avait pas semblé que ce gringalet fût un militaire.

- Quel capitaine ? demanda-t-il amusé par cette déclaration impromptue.

- Comment, ne l'avez-vous pas encore entendu

hurler la nuit ?

- Hurler le capitaine ? Non point !

- Son fantôme ne tardera sûrement pas.

- Quel fantôme ?

- Celui du capitaine et de son chien ! Mon pauvre Monsieur, cette maison est hantée !

- Oh ! Vous savez Madame, je ne crois pas aux histoires de sorcières. Il y a longtemps que la dernière n'est plus qu'un tas de cendre dispersée par le vent de l'oubli. On n'est plus au Moyen Age, dit-il légèrement moqueur en prenant sa miche de pain cuite au feu de bois et sentant si bon le froment.

- Nous en reparlerons ! Nous en reparlerons !

Albert était rentré soucieux, sans même achever les commissions. A peine arrivé, il conta l'histoire à Odette. Dans leur demeure encore en chantier, nul fantôme d'homme ou d'animal n'était venu troubler la sérénité de leurs nuits. En voyant des parisiens s'installer dans leur région, la femme, sûrement chauvine, devait se railler. La suite du mois se déroula dans les meilleures conditions. Cette romanesque histoire de fantôme du capitaine et de son chien tomba aux oubliettes.

Au printemps suivant, ils emménagèrent définitivement dans une maison entièrement rénovée. Sur les rebords de fenêtre retombaient des cascades de fleurs. De son côté, Albert avait délimité un vaste carré afin de reprendre le jardinage. Un voisin vint défoncer cette terre non travaillée depuis des décennies. On reparla vaguement du capitaine et de son chien. Albert n'y porta guère plus d'attention qu'aux cancans de la boulangère. La récolte de haricots verts fut somptueuse.

- Le froid peut venir, déclara-t-elle fière et guillerette, nous avons de quoi tenir un long siège !

Effectivement, à la souillarde sur les étagères, les pots s'alignaient. Vides au départ, à la fin de l'été, ils étalaient toutes les couleurs des légumes du jardin et des fruits de la forêt. Odette avait pris plaisir à faire des confitures de myrtilles et de framboises dans une grande bassine en cuivre fort culottée et dénichée dans une brocante. En septembre, vinrent les bocaux de cèpes, de rosés des prés et de rouseillous. Ils apprirent à les cuire au feu de bois sur une grille après les avoir arrosés d'une goutte d'huile d'olive ramenée de l'Ibérie voisine. En octobre, alors que les quelques feuillus de la sapinière s'embrasaient des derniers feux de l'automne, sur les adrets, ce fut le ramassage des châtaignes, grillées, elles aussi, dans la cheminée à l'aide d'une poêle trouée à cet effet. Puis, avec le retour des frimas, vint le temps des premières soupes de légumes et des veillées au coin de l'âtre où chacun lisait dans son fauteuil. Albert avait refusé la télévision afin, avait-il dit, de réapprendre à vivre au rythme des saisons.

Ce jour-là, depuis l'aurore, le ciel était resté lourd et bas. Le vent, ayant tourné brusquement au noroît, annonçait la neige. Dès que la montagne absorba les dernières lueurs du jour, la bise acérée de l'hiver commença à plumer les nuages chargés de flocons.

Bien qu'il fît bon, Albert ajouta une bûche d'épicéa dans le foyer. Aussitôt l'écorce couverte de lichens crépita. Une douce odeur de résineux envahit la pièce silencieuse. Chacun plongea dans sa lecture. Soudain, un bruit étrange se fit entendre. Tout d'abord sourd, puis s'accentuant comme si un mâtin gémissait, puis se plaignait avant de hurler à la mort. Quelques instant après, le hurlement s'atténua pour reprendre presque aussitôt. Les mains parcheminées se crispèrent sur les livres. Les fronts se sillonnèrent de rides peu habituelles. Les yeux se fixèrent sur le dernier mot. Les tympans se mirent en alerte. Ni Odette, ni Albert, ne prononcèrent la moindre parole. Un silence suivit. Le chien s'était tu. Les mains se décrispèrent. Les rides s'estompèrent. On passa au mot suivant. Le long hurlement, identique au précédent, reprit avant le bas de la page. Odette leva la tête, regarda son époux, blême et, d'une voix chevrotante, demanda :

- Albert, tu as entendu ?

- Oui ! C'est sûrement un chien errant qui hurle dans la forêt.

Il replongea dans son livre. Il fut incapable de lire la ligne suivante. L'insolite et sinistre geignement l'avait remué jusqu'au fond des entrailles.

Odette fit de même et, à l'instar de son époux, ses yeux restèrent fixés sur le dernier mot. Elle se souvint alors de cette étrange histoire du capitaine et de son chien retrouvés morts sur le pas de la porte et dont les fantômes hantaient sporadiquement la maison. Nul n'avait jamais su qui les avait frappés. Un règlement de compte entre contrebandiers ? Bonapartiste, on avait aussi soupçonné les royalistes. Si, sur le moment, elle s'était gaussée, aujourd'hui, elle faisait grise mine. Quand les hurlements se firent entendre pour la troisième fois, si proches qu'ils semblaient venir du grenier, le visage renfrogné, les lèvres tremblantes, elle dit à Albert :

- Ça vient des combles.

- Tu te fais des idées ma chérie.

- Non, je t'assure que ça vient des combles. Albert… et si c'était vrai cette histoire de fantômes ?

- Tu ne vas quand même pas me dire que tu crois à de telles balivernes ?

- Non, bien sûr, mais… néanmoins, je ne suis pas tranquille. Tu sais… toutes ces histoires…Va donc voir ce qui se passe là-haut puisque tu es certain de ton fait.

Si Albert n'en laissait rien paraître, dans son for intérieur, il n'était guère plus rassuré. Il tenta vainement de calmer ses angoisses. Son épouse l'ayant traité de lâche, il décida de monter au grenier, prêt à en découdre avec le ou les revenants. Au passage, par sécurité, il saisit son bâton de promenade en cornouiller et grimpa les marches de merisier, évitant celles qui craquaient. Le chien geignait toujours. Plus il montait et plus les gémissements se précisaient. Arrivé en haut de l'escalier, il colla son oreille contre la porte du grenier, la poitrine oppressée et le cœur battant à se rompre. Aucun doute possible. Les lugubres gémissements de l'animal ou, plutôt, de son fantôme, venaient bien des combles. Il hésita avant de l'ouvrir brutalement, le bâton levé, prêt à frapper. Son bras ne rencontra que l'absence. Les plaintes s'étaient tues. Toujours angoissé, il entreprit de fouiller chaque recoin. Inquiète de ce brusque silence, Odette vint le rejoindre, sur la défensive. Aucune trace de chien et encore moins de capitaine.

- Tu avais raison, dit-elle, le hurlement venait bien de dehors. Que c'est étrange quand même ! J'aurais juré que ça venait de chez nous.

Rassurés de n'avoir rien trouvé, ils refermèrent la porte, non sans donner un double tour de clef, par sécurité. Albert ne manqua pas d'ironiser sur la peur de son épouse mais se garda bien de lui faire part de la sienne. Chacun retrouva le confort de son fauteuil, face à la cheminée, soulagé. Quelques pages furent tournées avant que de nouveau les yeux se fixent et que les mains se crispent. Le chien reprenait ses gémissements suivis de lancinantes plaintes douloureuses qui n'étaient pas sans rappeler celles des loups à la nouvelle lune. Cette fois-ci, les lamentations furent si présentes qu'ils eurent l'impression que l'animal était dans le séjour, couché à leurs pieds. Odette frissonna et dit :

- Albert, et si nous allions nous coucher ?

Les livres posés sur la table basse, deux bûches ajoutées dans la cheminée qui ne crépitait plus de joie comme si elle aussi avait pris peur et chassé toute gaieté du foyer, ils éteignirent le séjour. Armés de leur bâton de marche, ils gagnèrent la chambre. La toilette fut sommaire. Elle se glissa la première sous les draps réchauffés au moyen d'un diable.

A peine eurent-ils éteint que le chien reprit sa longue série de plaintes angoissantes, juste au-dessus de leur tête. Odette se serra étroitement contre son mari, tremblante d'inquiétude.

- Je crois que ta boulangère avait raison. Cette maison est hantée.

La nuit fut affreuse bien que le fantôme se maintînt au grenier et ne vînt pas les tourmenter dans la chambre. Tout bruit suspect entretenait leurs craintes. Avec l'aurore, les hurlements se turent. Ils finirent par s'endormir.

Petit déjeuner silencieux. Si chacun pensait la même chose, aucun ne s'aventura à dévoiler le fond de sa pensée. En activant les braises, Albert ne put s'empêcher de jeter un œil de regret à la photo de leur pavillon. Dehors, tout était blanc. La neige ruisselait de lumière. Ce paysage de carte postale ne tarda guère à leur faire oublier les angoisses de la nuit. Une longue promenade dans la poudreuse finit de dissiper leurs inquiétudes. Après tout, ce n'était sûrement qu'un chien ? un effet du vent tourbillonnant sur ce plateau cerné de toutes parts par les montagnes vêtues de fiers épicéas qui, comme une armée, en masse compacte et sombre, s'élançaient à l'assaut des sommets ? Les huit jours suivants, le chien ne se manifesta pas et fut quasiment oublié. Après cette courte accalmie, le temps se remit brusquement au froid. Ce fut de nouveau une nuit d'angoisse sous la couette de plume d'oie.

Le lendemain Odette et Albert s'affairèrent à vider le grenier afin d'apercevoir, pensaient-ils, le fantôme de l'animal qui se taisait dès la porte ouverte.

- Il y a une gouttière juste au ras du mur, fit remarquer Odette. Il faudra que tu ailles voir le couvreur afin de faire réparer la toiture avant que l'eau qui ruisselle ne pourrisse le plancher.

- Je m'en occuperai dès demain.

La nuit suivante fut aussi angoissante que la précédente. A deux reprises, Albert était remonté au grenier, désormais vide, certain d'apercevoir enfin le fantôme hurlant. Rien ! Absolument rien ! C'était à n'y rien comprendre. Odette et Albert, désespérés, épuisés après une nouvelle nuit d'insomnie commencèrent à soulever le problème de la revente de la maison.

Le couvreur vint dès le lendemain.

- Monsieur, c'est un chevron qui est pourri. Il va falloir que je découvre une partie du toit pour le remplacer. Il y en a bien pour deux jours de travail !

Le toit recouvert d'une bâche leur permit de passer une nuit calme. Après la promenade, alors qu'Odette et Albert lisaient, le couvreur frappa à la porte. Ils lui dirent d'entrer.

- Je la laisse ou je la change ? demanda-t-il en exhibant une tuile cylindrique comme une canalisation romaine, encore vernissée par endroit et moussue sur un côté.

- Qu'est-ce ? interrogea alors Albert.

- Une tuile à loups.

- Une quoi ?

- Une tuile à loups !

C'est ainsi qu'Odette et Albert apprirent que, au siècle dernier, les anciens plaçaient ce genre de tuile au ras du faîtage exposé au nord. Lorsque le noroît soufflait en rafales, annonçant les grands froids, ce dernier s'y engouffrait en émettant un bruit proche de celui du chien. Ils espéraient ainsi éloigner des demeures les loups affamés.

Bateaux sur la Côte

L'île Lumière

par Lolita Lagoutte

Il était six heures. Déjà ! Cela faisait deux mois que je me levais tard et j'adorais ça. Certains au bout d'un mois s'ennuient et n'attendent que la rentrée. Eh bien, moi, ça n'a jamais été mon cas. Je ne me suis jamais ennuyée, j'ai toujours eu à m'occuper. C'est sûrement parce que je suis fille unique que j'ai toujours su m'occuper seule. De toute façon à cette période j'étais sûre de ne pas être seule. Pendant les vacances d'été, l'île était toujours blindée de touristes, et j'attendais cela avec impatience! Il n'y avait que les anciens de l'île pour se plaindre du bruit. Mais voilà, ce matin, le bruit n'était plus le même. C'était le réveil qui hurlait à nouveau et il fallait se lever pour mon premier trajet scolaire en mer.

Sur le chemin, je sentais comme un poids dans mon estomac. J'étais toute seule, il faisait nuit, et je ne savais pas trop ce qui m'attendait. Heureusement, je vis le visage de mes deux amis Tom et Léo. En m'approchant d'eux, le poids qui m'habitait se délestait un peu.

«Tiens !!! Voilà Sarah, toujours en retard !!! » s'exclama Tom.

« Tu vas bien ? »

Je lui ai répondu d'un petit signe de tête que oui.

Je n'ai jamais aimé parler de bon matin. Au loin, je vis mon « bus flottant » arriver, mon cœur battait de plus en plus fort. C'est une sensation bizarre, l'excitation et le stress qui montent. Sur le bateau, en plein océan, le vent froid me paralysait les membres. Ça y est, je voyais le continent, le rivage puis les maisons. Enfin, sur la terre ferme, je regardais le bateau s'en aller, repartir sur l'île. Pour moi direction mon nouveau lycée.

Le lycée était immense, les salles se comptaient par dizaines. Je sentais que j'allais vite me perdre. Heureusement Tom et Léo étaient là. Toutes les classes de seconde se réunirent dans la cour. J'imaginais que d'en haut, on devait ressembler à une immense fourmilière. J'avoue que je « flippais » un peu. On fit l'appel. Ouf! Je suis dans la classe de mes deux meilleurs copains, c'est déjà ça. Ensuite, on nous a donné à chaque classe une salle où se rendre. Le temps que nous trouvions la nôtre, il était déjà 8H15. Je me suis dit que la première approche avec notre professeur principal ne serait sûrement pas géniale! Enfin on a trouvé. On toqua et on entra en s'excusant tous de notre retard. L'homme nous fit signe de la main de nous asseoir. Il ne dit d'abord pas un mot. Puis soudain, d'une voix grave :
« Bonjour à tous, je m'appelle Mr Lefevre et je suis ravi de faire votre connaissance. Pour le retard, ce n'est pas grave. Vous devez sûrement être un peu perdus mais vous allez vous habituer ».

Sur ces dernières paroles, il me fixa longuement et finit par froncer les sourcils puis détourna le regard. Moi, je le regardais reconnaissante de ses paroles rassurantes et je crois qu'on en avait tous besoin en ce jour de rentrée. Ce prof avait l'air sympa et compréhensif. Ça commençait bien et les heures étaient passées très vite ce jour-là. J'aurais aimé que ce soit comme ça toute l'année.

Je rentrais chez moi à 19h; cet horaire sera le mien pendant 3 ans. J'étais fatiguée rien que d'y penser. Mon père m'attendait tout souriant comme s'il m'avait attendu toute la journée (c'était peut-être un peu le cas). Il commença à me bombarder de questions auxquelles je m'empressai de répondre. On était très proches tous les deux, ma mère étant décédée quand j'étais petite. En plus, on avait le même humour, le même caractère. Comme disait mon grand-père : « c'est bien la fille de son père ! ». On n'était que tous les deux, alors on se serrait les coudes. Comme tous les soirs après le dîner, je suis allée me ressourcer auprès de l'océan, pour être au calme, regarder les vagues s'échouer contre la falaise...Tout cela me procurait beaucoup d'apaisement et c'était dans ces moments-là que je me rendais compte que j'avais beaucoup de chance d'habiter là. Dans ma rêverie je repensais à mon prof de français qui nous avait si bien accueillis ce matin. Quelque chose chez lui me semblait pourtant bizarre, mais quoi ?
  La première semaine passa sans encombre, puis la deuxième et ainsi de suite. Petit à petit je me fis à mon nouveau rythme de vie : réveil, bateau, continent, puis

lycée et inversement le soir ! Pourtant, plus les semaines avançaient, plus j'attendais impatiemment mes cours de français. J'étais folle de ce prof ! Enfin pas dans le sens amoureuse de lui, mais je ne sais pas vraiment l'expliquer comme si je l'avais connu depuis toujours dans un autre monde! En cours je buvais ses paroles et lui aussi semblait bien m'apprécier. Un jour, à la fin de l'heure de cours, je décidai d'aller lui parler, il y avait comme quelque chose qui me poussait :

« Excusez-moi, mais depuis que je vous ai vu j'ai l'impression de vous connaître ? »

Il me sourit puis me répondit :

« Je ne crois pas t'avoir connu avant, tu habites sur l'île d'Oléron, c'est ça ?

« Oui c'est ça, à Saint Trojan les Bains. »

« Et bien...je ne connais pas spécialement l'île. J'y suis allé quelques fois plus jeune. Mais tu n'étais pas née ! On n'a pas pu se rencontrer ! »

« Oui vous avez raison et moi je suis venue très rarement sur le continent plus petite. J'aime trop mon île ! » Fin de la discussion.

Au dîner, le soir, je parlais de mon professeur de Français à mon père. Je lui ai exprimé toute l'admiration que j'avais pour ce prof. Il a fini par me demander son nom et je lui avais répondu : « Mr Lefèvre ». Mon père n'a rien dit, mais il y eut comme un léger malaise lorsque j'ai prononcé son nom. Est-ce que mon père le connaissait? Cela me confortait dans l'idée que je savais l'avoir déjà vu ! Mais mon père était d'humeur fragile. J'avais donc décidé de ne pas insister.

Tous ces mystères me rendaient perplexe. Mais je n'eus pas le temps de me pencher sur tout ceci plus profondément. Une épreuve plus dure m'attendait. Un soir mon père après le repas prit un air grave : « Sarah, il faut que je te parle » J'ai su tout de suite que c'était grave car mon père ne m'appelait jamais par mon prénom sauf en cas de gravité, mais toujours par des surnoms pleins de tendresse. Alors, il me raconta que ça faisait plusieurs semaines qu'il faisait des examens médicaux car il se sentait de plus en plus fatigué. Finalement le diagnostic était tombait la veille (ou plutôt, devrais-je dire, le verdict comme pour un condamné!) : maladie génétique incurable. Son état allait empirer jusqu'à finir certainement en chaise roulante et après...J'étais dévastée, en colère, anéantie et je ne sais quoi encore ! J'avais déjà si peu connu ma mère et maintenant la personne qui comptait le plus pour moi, mon pilier, voilà qu'on allait me l'enlever aussi, c'était un cauchemar.

A partir de là, je fus révoltée contre la vie, contre les médecins, contre l'injustice, contre tout quoi !
Mon look avait changé, ma façon de parler et tout cela dans le mauvais sens. J'avais déchiré mes jeans, mes jupes et même mes tee-shirts! A quoi je devais bien ressembler? Pas à moi en tous les cas. Tom et Léo s'éloignaient de plus en plus de moi et je ne m'en rendais même pas compte. Je me suis mise à fréquenter une bande de lycéens que je n'avais jamais aimés auparavant. Je rigolais tous les jours à cette époque mais ce sourire cachait une profonde détresse.

Avec mon prof de français c'était pire. Alors que je l'appréciais beaucoup auparavant, je me mis à le détester, à perturber ses cours, à être insolente avec lui. Pourquoi lui ? Je ne savais pas mais c'était comme si je le rendais responsable de mes malheurs. « Je ne pouvais plus le saquer ! »

Évidemment il se rendit compte de mon changement d'attitude et finit par me garder à la fin d'un de ses cours pour discuter. Nous nous sommes assis face à face, avec juste son bureau pour nous séparer. Il commença :

« Qu'est-ce-qui t'arrive Sarah ? Tu as des problèmes ? » Sa voix était douce apaisante. Alors toujours un peu sur la défensive je lui répondis :

« Oui, j'ai des problèmes mais vous ne pouvez pas m'aider, laissez tomber »

« Comment sais-tu que je ne peux pas t'aider si tu ne m'expliques pas ? Je suis là, je suis aussi là pour écouter mes élèves en cas de souci »

Il était gentil mais agaçant à la fois :

« Vous pouvez soigner mon père ? Non ? Donc vous pouvez rien pour moi » lui répondis-je pleine de colère et au bord des larmes.

Il me dévisagea plein d'interrogations, et son regard me transperça tandis que je m'écroulais en pleurs. Puis, entre deux sanglots, je lui racontai tout. Il m'écouta sans m'interrompre.

Quand j'eus fini, il semblait très ému par mon discours. Alors il me dit ce qu'on dit toujours dans ces cas-là : qu'il serait là en cas de besoin, que je pouvais compter sur lui… Ça peut paraître un peu banal comme réponse, mais bizarrement venant de lui, ça ne l'était pas. J'avais l'intime conviction que ce prof que je connaissais depuis peu finalement pouvait m'aider, me soutenir. Je sortis de cette conversation un peu allégée de mes peines.

A la maison, l'état de santé de mon père se dégradait assez vite. De la canne à la chaise roulante, on dut passer au lit médicalisé avec une aide à domicile pour s'occuper de lui pendant que j'allais à l'école. La nuit, c'est moi qui assurais la garde. Mon père ne se résignait pas à être hospitalisé à La Rochelle. Il voulait mourir sur son île comme il disait. Je le comprenais et je respectais son choix, même si naïvement je pensais qu'à l'hôpital on pourrait peut-être mieux le soigner, voire le guérir... Évidemment c'était une utopie mais je pris quand même rendez-vous avec un professeur de médecine de La Rochelle, juste au cas où... Mais je ne pouvais y aller seule, c'est pourquoi je demandai finalement à Mr Lefèvre de m'accompagner. Ce qu'il accepta gentiment.

Et finalement, un mercredi après-midi après une heure d'attente, j'entrai donc dans son bureau. L'homme qui m'attendait était exactement comme je m'y attendais : vieux, avec des cheveux blancs, petites lunettes, l'air sérieux !

« Mademoiselle Dumont, je ne vais pas y aller par quatre chemins, votre père est gravement malade. Le fait qu'il soit chez lui ou ici à l'hôpital ne changera en rien l'issue fatale, j'en suis profondément désolé »

Même si je m'attendais à cela, je fus de nouveau anéantie. Mais je n'eus pas le temps de m'apitoyer. Le médecin continua :

« En revanche, je suis heureux de vous rencontrer pour que vous soyez diagnostiquée vous aussi »

 Pourquoi moi aussi ? Je ne comprenais pas trop. Il m'expliqua alors que la maladie de mon père était génétique et donc héréditaire. Que j'avais donc de grandes chances de l'avoir aussi (ou plutôt de la malchance). C'est drôle parce que pendant tous ces derniers mois je n'avais pas pensé à ça et mon père ne m'en avait jamais parlé. Je savais pourtant ce que le mot génétique voulait dire mais je n'avais pas pensé aux conséquences pour moi. Je fus donc dirigée tout de suite au laboratoire de l'hôpital pour faire des tests, savoir si j'avais hérité de la maladie de mon père. Pendant tout ce temps-là, Mr Lefèvre m'avait attendu patiemment. Il était vraiment gentil. Je lui racontai tout, et il sembla vraiment désolé à l'idée que je puisse être malade à mon tour.

Quand je rentrai à la maison, je me demandai si je devais parler à mon père de tout ça. Et pourquoi lui ne m'en avait-il pas parlé ? Je décidai de ne rien dire, il était déjà si faible, je ne voulais pas l'inquiéter plus.

Je retournai à l'école malgré tout. Évidemment mes résultats scolaires n'étaient pas « au top » étant donné mon contexte familial. Mais bon, je pouvais compter sur mon prof qui me soutenait comme il pouvait. C'était devenu en fait mon plus proche confident. Bien sûr j'avais aussi Tom et Léo, mes amis qui m'apportaient aussi du réconfort. Mais avec Mr Lefèvre je me sentais plus comprise. C'était un adulte, il comprenait davantage ce qui se jouait dans ma vie et c'était même le seul adulte de mon entourage avec qui je parlais de tout ça. En effet mon père et ma mère étaient eux-mêmes enfants uniques, de ce fait ma famille était restreinte.

Puis, au bout d'un bon mois, les résultats médicaux de mes tests étaient prêts et le médecin me convoqua de nouveau.

Je dus demander une nouvelle fois à Mr Lefèvre de m'accompagner.

J'entrais donc pour la deuxième fois dans le bureau du médecin. Il commença :

« Voilà Sarah, j'ai une bonne et une mauvaise nouvelle pour vous »

Pour la mauvaise, je m'en doutais j'avais la maladie mais pour la bonne j'étais étonnée.

« Voilà vous n'avez pas la maladie de votre père ce qui est une bonne nouvelle bien sûr »

« Ah bien, c'est quoi la mauvaise nouvelle ? » Je n'y comprenais plus rien.

« Voilà Sarah si vous n'avez pas cette maladie c'est parce que c'est impossible que vous l'ayez hérité de votre père. C'est délicat à dire mais au vu de vos résultats, Mr Dumont ne peut pas être votre père biologique. C'est impossible. »

Quoi ! Mon père n'est pas mon père mais qu'est-ce-que c'est que cette histoire ? Il raconte n'importe quoi. Mais non le médecin m'affirme avec certitude que je ne peux être la fille de mon père !!!

Je sortis de son bureau abasourdie. Je devais avoir tellement une tête d'enterrement que mon prof a cru que je venais d'apprendre que j'étais malade moi aussi !
Je ne pus prononcer un mot de tout le trajet. Au lieu de me laisser à l'embarcadère comme l'autre fois, Mr Lefèvre voulut me ramener directement à la maison. Pour rompre le silence en chemin, il me dit que cela lui rappelait des bons souvenirs de passer ce pont. Quand il était plus jeune, il était venu en vacances plusieurs fois sur l'île pour y faire du surf notamment. Je lui répondis que moi aussi je surfais.
Une fois arrivés à la maison, je lui proposai de descendre saluer mon « père ». Je me disais surtout que cela me laisserait un peu de temps pour savoir comment aborder la question de mon géniteur.
Mr Lefèvre accepta gentiment. Quand on entra dans la maison, l'aide à domicile de mon père était déjà toute habillée, prête à partir. Elle nous salua et tourna les talons. Au loin, dans la chambre du fond, j'écoutais mon père m'appeler de toutes les forces dont il était encore capable : « Sarah c'est toi ? »

Je redoutais la conversation qu'il nous faudrait bien avoir. Il était si faible. Pourtant, je lui en voulais, il m'avait menti volontairement et j'étais quand même en droit de savoir qui était mon véritable père ?
Mr Lefèvre attendait sur le palier. Je le fis rentrer au salon pendant que j'allais voir mon père.

Je le trouvai tout recroquevillé sur lui-même. Il paraissait si frêle dans ce grand lit. Je l'embrassai sur la joue en me disant que notre conversation attendrait demain soir. Je ne voulais pas le fatiguer et le contrarier plus, je l'aimais tant.

En revenant dans le salon, mon prof semblait livide. Je lui demandai ce qu'il avait, mais à son tour, il me demanda simplement qui était la femme sur la photographie posée sur la cheminée. Je lui répondis « c'est ma mère et moi dans ses bras à un an ». J'adorais cette photo et surtout c'était une des rares que j'avais de ma mère.
Je lui proposai à boire mais il voulut avant saluer mon père.
Je l'accompagnai jusque dans la chambre et le présentai à mon père. Ce dernier le remercia chaleureusement de s'occuper de moi. Puis, Mr Lefèvre se tourna vers moi et me demanda : « Peux-tu nous laisser seuls s'il te plaît Sarah ? » J'acquiesçai me demandant bien ce qu'il allait se dire.
Finalement, leur discussion dura assez longtemps puis mon prof accepta finalement un verre et partit. Après avoir souhaité bonne nuit à mon père, je passai une partie de la nuit à ressasser les nouvelles de la journée et à me demander comment j'allais aborder le sujet avec mon père.
Le lendemain, la journée à l'école me parut interminable. J'étais très perturbée par tout cela mais aussi par la santé de mon père que je sentais faiblir de jour en jour.

Le soir, arrivée à la maison, seule l'aide à domicile de mon père m'attendait. Elle m'expliqua que ce dernier avait été hospitalisé d'urgence suite à un grave malaise qui l'avait laissé inconscient.

Il avait été emmené à l'hôpital de la Rochelle.

J'étais dévastée. Alors ça y est. C'était la fin ?

L'aide à domicile se tourna vers moi :

Je crois qu'il a utilisé ces dernières forces à écrire cette lettre une bonne partie de la journée. Tenez, elle est pour vous » et elle me tendit une enveloppe avec mon prénom écrit dessus.

Je pris la lettre et la décachetai. Je reconnus l'écriture si appliquée de mon père :

Ma Sarah chérie,

Quand tu liras cette lettre, je serai peut-être déjà dans l'autre monde avec ta chère maman ou alors je pourrai une dernière fois te regarder, regarder ton visage que j'ai aimé dès que je t'ai vue.

J'ai su hier au soir par Mr Lefèvre que tu avais compris que je n'étais pas ton père biologique. J'ai tant de fois voulu te le dire et si ta maman ne nous avait pas quittés si tôt, à deux, cela aurait été plus facile de te parler. J'ai manqué de courage, je l'avoue. Aujourd'hui, les choses sont différentes. Hier au soir, quand ton prof est venu à la maison, il a reconnu sur la photo ta maman. Et s'il l'a reconnue, c'est parce qu'il y a quelques années, seize ans exactement, il a eu une aventure d'un été avec elle. De cet amour est née une merveilleuse petite fille, toi. Moi, j'ai connu ta maman en octobre. Elle était donc déjà enceinte de toi et très embarrassée tu t'en doutes. Ton géniteur avait quitté l'île dès la fin de l'été sans savoir qu'il y avait laissé un trésor. Moi, ta mère, je l'ai aimée dès que je l'ai vue et du coup je t'ai aimée. Voilà, c'est une histoire simple, mais une belle histoire. Sache que je t'aime, peut-être plus encore que si tu étais de mon sang. L'amour ce n'est pas que les liens du sang mais c'est aussi et surtout les liens du cœur et je t'aime de tout mon cœur. Voilà quelques semaines que je cherche une solution pour toi, pour après mon départ car je sentais bien que mon corps me lâchait de plus en plus. C'est cette inquiétude qui me tenait en vie je crois. Maintenant, je peux partir tranquille car je sais que tu ne seras pas seule. Nous avons longuement discuté avec Mr Lefèvre «ton vrai papa» hier soir et je sais qu'il prendra soin de toi.

Voilà, mon bébé, mon trésor, mon inespérée, ma chérie, mon Tout, je te laisse.

Sois forte et de là- haut je veillerai sur toi comme je l'ai fait avec tant de joie pendant toutes ces années.

Ton « papa » qui t'aime

Au moment de refermer la lettre, quelque peu mouillée par mes larmes, je levai mes yeux et par la fenêtre, je vis un homme debout dans la cour qui me regardait. C'était Mr Lefèvre qui m'attendait.

Journée d'Été

Madeleines d'antan

par Magali François

Je ne sais pas pourquoi j'avais décidé d'aller à la brocante de ce village paumé en pleine campagne. J'aurais tout aussi bien pu passer ce dimanche après-midi à parcourir les champs ou à lézarder sur le canapé. Mais non, j'avais délaissé vieux pantalon de survêtement, tee-shirt troué et opté pour un jean délavé, un tee-shirt rose et des baskets assorties. J'avais eu soudain besoin de couleurs et de personnes autour de moi. Je ne sais pas pourquoi, moi qui suis d'habitude plutôt du genre sauvage et habillée de noir. Besoin de changement peut-être…Quoi qu'il en soit, je m'étais préparée avec soin, comme pour un premier rendez-vous.

L'année avait été difficile.
La mort de ma mère puis la maladie de mon père, à peine quelques mois après. J'allais le voir dès que possible dans cette chambre impersonnelle d'établissement spécialisé. Ce n'était plus l'homme qui, petite fille, me faisait danser sur ses pieds dans la salle à manger, ni même celui qui m'avait conduite à l'autel bien des années plus tard. Je n'avais devant moi qu'un vieil homme, l'ombre de mon père, le fantôme du héros

de mon enfance. Visite après visite, ses yeux bleus demeuraient inexpressifs. Il ne souriait plus jamais. J'étais devenue une étrangère pour lui. Il n'avait gardé aucun souvenir de sa vie d'avant, avant le décès de ma mère qui l'avait précipité dans cette maladie dévoreuse de mémoire. J'embrassais un étranger. Je parlais dans le vide. Seules les madeleines que je lui apportais chaque mercredi semblaient avoir un intérêt à ses yeux. En effet, chaque fois qu'il apercevait le paquet, une émotion incompréhensible le saisissait et quelques éclats de joie traversaient son regard désormais éteint.

J'avais eu besoin de faire le vide, de changer d'air, de mettre de la distance avec ma souffrance et la sienne.
Ainsi, après avoir posé quinze jours de congés, j'avais loué un petit studio attenant à un corps de ferme, bien loin de l'agitation de la côte. Alors que des milliers de touristes se précipitaient le long des plages de la Riviera, je roulais en direction de la campagne lorraine. Je ne savais pas pourquoi cette région en particulier. Du moins, je ne l'avais pas compris tout de suite. J'avais tout d'abord pensé à la Bretagne, puis, une photographie du corps de ferme apparue par hasard sur l'écran de mon ordinateur m'avait conduite à modifier mes projets. Comme si ce bâtiment m'appelait.
Enfin, pour être tout à fait honnête, ce n'est peut-être pas tout à fait par pur hasard si j'avais choisi cette région. J'ai du sang lorrain dans les veines et, bien que n'ayant jamais été attirée par tout ce qui est généalogie ou histoire familiale, je sentais que je devais revenir,

selon l'expression consacrée, sur la terre de mes ancêtres.

Je savais que mon père y était resté jusqu'à l'âge de seize ans puis, afin de fuir une enfance malheureuse, il était parti. Définitivement, sans jamais se retourner, tirant un trait sur un passé qu'il avait mis des années à essayer d'oublier, en vain. On n'oublie jamais son passé. On vit avec et ses blessures ne cicatrisent jamais complètement.

Je n'avais jamais rien su de plus. Il faut dire que je n'avais jamais posé de questions. Je le savais venu d'une région lointaine, blessée par l'Histoire. Cela me suffisait. De toute façon, il ne souhaitait pas en parler davantage, comme si les paroles auraient suffi à réactiver sa souffrance. Il disait que sa vie avait commencé le jour de sa rencontre avec ma mère.

Jusqu'à cet été, je n'avais jamais ressenti le besoin d'aller à la rencontre de mes racines. Les vacances tranquilles à la ferme, « pas mon truc ». Mais cette année... Cette année il y avait quelque chose de particulier, comme si je devais répondre à un appel, presque un rendez-vous. Voilà pourquoi j'abandonnai, au dernier moment, la Bretagne et ses hortensias.

Les fermiers qui louaient le studio que j'occupais se montraient d'une gentillesse à toute épreuve. Chaque matin, une bouteille de lait frais et deux œufs m'attendaient sur le rebord de la fenêtre de la cuisine.

Déjà presque dix jours que je me laissais porter par le calme environnant. Moi, d'habitude tellement active, je ne faisais rien de mes journées qui se traînaient en longueur, sans pour autant que je ressente un quelconque ennui.

Mes vacances étaient rythmées par les cloches de l'église du village.

Le village… Sa rue principale constituait un alignement de maisons individuelles assez étroites, collées les unes aux autres, parfois séparées par une ferme. Sur la droite, tournant le dos au centre du bourg, un lavoir témoignait de la présence d'un passé pas si lointain. Un peu plus loin, sur la gauche cette fois-ci, une ferme désertée pleurait ses étables vides. Au bout de la rue, qui montait légèrement, quelques constructions plus modernes contrastaient avec l'authenticité ambiante, puis la route s'enfonçait dans une forêt. Je n'étais jamais allée plus loin que la lisière de cette dernière.

Lors de mes promenades solitaires, je déambulais parfois dans le petit cimetière où je remarquai que quelques pierres tombales portaient mon nom.

Au centre du bourg, une café-épicerie-boulangerie-tabac-presse, (enfin, l'Est républicain uniquement), et un désert de rues, des maisons grises, vides d'habitants, comme si le temps s'était arrêté. Comme si le souvenir des années de guerre empêchait le retour de la vie dans ce village meurtri, prisonnier de son passé. Près de l'église, les mêmes commères, après-midi après après-midi, sur le même banc, toujours habillées de noir, collants opaques en toutes saisons, comme pour porter le deuil de leur village endormi.

Bordant le village, des champs à perte de vue : champs de blé, champs de bottes de paille, champs de croix blanches alignées, des cultures, des troupeaux de vaches, parfois de moutons.

J'imaginais mon père en culotte courte courant dans les blés ou, un bâton à la main, conduisant les vaches à l'étable pour la nuit.

Je sentais alors au plus profond de moi que quelque chose d'inexplicable m'avait amenée ici. J'étais bien, en paix avec moi-même, pile à l'endroit où il me semblait devoir être.

Tous les soirs, j'appelais l'établissement où était mon père afin de m'assurer que tout allait bien ou, du moins, qu'il se maintenait. Ses journées demeuraient interminables, vides de sens, sans envie ni regret, peut-être dans l'attente d'une ultime délivrance.

Cependant, le savoir encore là, même loin, même absent, me rassurait, me réconfortait même. Je n'aurais su l'expliquer.

Parfois, lorsque je me promenais dans le village ou dans les champs, sa voix m'accompagnait. Je voyais son sourire malicieux au milieu des bottes de paille et imaginais son rire franc. Il était revenu. Il était là, en permanence à mes côtés, me faisant découvrir le charme d'une campagne méconnue.

Lorsque je fermais les yeux, des images d'un temps révolu, que je n'avais pourtant pas connu, m'apparaissaient.

Il avait plu cet après-midi-là. A la fin de l'orage, j'étais partie en quête des odeurs de la campagne après la pluie. Délicieux parfums de l'herbe mouillée. Je ne sais pas pourquoi, au bout de quelques minutes, je m'étais assise au milieu d'une pâture, entre des vaches ahuries de me trouver là, de grosses larmes sur les joues et appelant mon père.

En retournant à la ferme le soir venu, j'avais ressenti une émotion inconnue jusqu'alors. Une mélancolie indicible s'était emparée de moi.
En longeant la rue principale, je croisai une dame sans âge, ses cheveux blancs ramenés en chignon, qui épluchait des pommes de terre, assise sur le perron de sa maison. Elle m'avait souri, tout simplement. Une délicieuse odeur de tarte aux mirabelles s'échappait par la porte entrouverte. Par la fenêtre de la cuisine, j'avais aperçu des pots de confiture alignés bien sagement sur une table.
Parfums d'enfance gourmande. Douceur d'un soir d'été empreint de nostalgie.

Sur un coup de tête, sans réfléchir alors qu'en général je planifie ma vie des jours, voire des semaines à l'avance, j'avais prolongé mon séjour.
Il me restait des jours de congés à poser et le studio était disponible.
Confusément, je sentais que je n'avais pas encore trouvé ce que je n'avais pas conscience d'être venue chercher.
Ainsi, la vie campagnarde poursuivait tranquillement son cours. Les heures s'égrenaient sans surprise. Mêmes rituels quotidiens pour les bêtes ; mêmes rituels quotidiens pour moi. Chaque soir, le soleil se couchait

au milieu des blés embrasant les champs à perte de vue. Je ne me lassais pas de ce spectacle enchanteur et m'enivrais dans l'odeur des foins.

Et puis…

Le dimanche suivant, je passai à la « boulangerie-épicerie » et remarquai une petite affiche sur le comptoir : « dimanche 23 août, brocante à Auzéville ». Nous étions justement le dimanche 23 août. L'idée d'aller dénicher des objets d'antan me plut. Les vieux objets ont beaucoup d'histoires à raconter. Ils sont les témoins de notre passé, indispensables à la transmission entre les générations. Leur poussière est notre mémoire. J'avais donc décidé d'abandonner canapé et champs, enfilais jean et tee-shirt et pris la route vers le village en question. Je roulai entre les champs de blés, les champs de vaches, les vergers aussi. Je découvrai un terroir authentique. Au bout d'une heure, je commençais à penser que j'aurais dû arriver depuis longtemps. J'avais dû louper une intersection, trop perdue dans mes pensées. Personne qui aurait pu me renseigner. Seules quelques poules téméraires s'aventuraient hors de leur basse-cour m'obligeant à modifier ma trajectoire. Je choisis donc de continuer à faire confiance au hasard et tournai à gauche direction « Glorieux ». Ce nom de village me paraissait sympathique et je trouverais bien quelqu'un pour m'indiquer la direction d'Auzéville.

Je pénétrai dans une petite ville sans âme qui vive à l'horizon. Décidément, il ne faisait pas bon être perdue en pleine Lorraine par un dimanche après-midi estival.

Soudain, une odeur d'enfance envahit ma voiture. Guidée par cette dernière, je me retrouvais devant un rond-point avec un grand panneau indicateur : « Véritables Madeleines, magasin d'usine, 2ème sortie à droite ». Instinctivement, je mis mon clignotant et pris la 2ème sortie.

Une grosse vache bleue accueillait les visiteurs sur le parking du magasin. Je rentrai. Le temple de la madeleine : nature, au sucre, aux fruits, au chocolat, au caramel beurre salé, des grosses, des petites, toutes dorées, toutes plus appétissantes les unes que les autres. En m'approchant, du comptoir « dégustation », d'où l'on pouvait apercevoir les pâtissiers à l'œuvre, je remarquai des photographies accrochées au mur. Elles retraçaient l'histoire de la fabrique depuis sa création. L'une d'elles attira particulièrement mon attention. Je m'avançai vers cette dernière tout en savourant une madeleine nature, la « tradition ». Je faillis m'étrangler en observant le cliché. Il avait été pris en été 1961, la date était notée en bas, au feutre noir, « juillet 1961 ». On y voyait une brigade souriante, heureuse de partager un savoir-faire ancestral.
Je pleurai silencieusement, l'apprenti au sourire timide, à droite, c'était mon père.

Je comprenais enfin pourquoi une telle émotion le submergeait lorsque je lui apportais des madeleines.
Je repartis du magasin les bras chargés, le cœur gonflé, heureuse d'avoir, pour une fois, fait confiance à la vie.

En ce dimanche d'été, en Lorraine, je n'avais pas trouvé Auzéville mais j'avais eu rendez-vous avec un pan de mon histoire.

Ce n'était pas le hasard qui m'avait guidée jusqu'à cette photographie.

J'avais simplement eu rendez-vous avec le passé de mon père. Mes racines.

J'avais retrouvé le héros de mon enfance.

Mon père.

Ariège - Château de Foix - Sigel

Bonheur

par Robert Beltran

Ce sept février mille neuf cent soixante et onze, une brume épaisse entourait la gare d'Austerlitz où le train venant du sud m'avait déposé.

Le jour se levait, s'étirant avec paresse au milieu de cette fumée humide qui montait de la Seine. Mon chemin semblait bouché.

Quand la brume fut effacée par les rayons tièdes du soleil de février, je découvris cette ville comme un mirage merveilleux. Paris, mère de la France, me sembla comme une mère qui attend depuis longtemps son enfant enfin retrouvé.

Solitaire, les jours qui suivirent, j'allais de découverte en découverte où les gens avaient alors le temps de me parler et m'informer.

J'écoutais cette langue si douce que, moi avec mon accent étranger, j'essayais de chanter. Je ne connaissais que quelques notes de cette symphonie inachevée.

Venant d'un pays chaud et sec où les rivières sont vides, sans vie, la Seine, s'écoulant en douceur sous le Pont de l'Alma, où le Zouave lavait ses pieds, fut un régal pour mon âme et pour mes yeux.

La France avec ses villes où les arbres sont plus hauts que les maisons, avec ses campagnes et ses forêts où tout ce qui pousse a des racines profondes, dans ses sols fertiles et frais.

Un chêne plusieurs fois centenaire au Bois de Vincennes, a bien voulu me raconter son passé. Il m'a dit: « la nuit, mes copains et moi soutenons la voûte du ciel étoilé ou nuageux.»

Jour après jour, j'ai ouvert des livres. Certains, je les ai imprimés. Dedans j'ai rencontré des grands hommes dont j'ignorais l'existence, perdu comme j'étais dans mon pays maigre et sec.

En écrivant ces mots aujourd'hui, je pense que c'est vraiment ici, en France, que je suis né.

Si je suis dans le sud, maintenant, dans cet hexagone de bonheur, c'est pour l'amour d'un petit pays de vallées et montagnes : l'Andorre où il y a un trésor caché, c'est la langue catalane que nous partageons tous les deux.

Le Trévrizent*

par Maïté Rochas

Partis de Tarascon-sur-Ariège, les deux cousins empruntèrent un étroit chemin rocailleux, parallèle au lit d'un bondissant torrent. De l'écume mousseuse s'échappaient de translucides perles d'eau, une myriade de petits miroirs reflétant le soleil. Les roches émergentes luisaient, polies par l'impétuosité du courant.

Pour fêter leur réussite au baccalauréat, les deux compères avaient projeté un ou deux soirs de bivouac, façon « trappeur », avant de rejoindre, par le GR, Julien, un camarade de classe en vacances à Vicdessos.

Le grand-père avait conseillé un itinéraire « obligé » : l'immense grotte de Lombrives.

Ils y étaient !

- C'est en ce lieu, qu'en un âge très éloigné du nôtre, furent emmurés vivants un grand nombre de Cathares... l'acoustique amplifia les paroles du guide.

Impressionnés, plus qu'ils ne l'auraient voulu, les jeunes gens se hâtèrent de passer dans la salle, où sous une gangue de calcite laiteuse, ils purent admirer la large couche de « la nymphe Pyrène », celle qui aurait donné son nom aux Pyrénées.

---

* Trévrizent : celui qui conduit les pas de Parsifal

Revenus sur le sentier, encore imprégnés de cette oppressante atmosphère, ils entrèrent dans le sous-bois parmi les hêtres, les chênes kermès, les pins roux. L'air brassait l'odeur de résine et les senteurs camphrées des genévriers.

Ils espéraient apercevoir certains animaux: des cerfs, peut-être ! En évitant les ours.

De temps en temps, des brindilles sèches craquaient sous leurs chaussures et cela les faisait sursauter. On leur avait tant dépeint l'ancien comté de Foix : ce pays aux châteaux à demi en ruine, pleurant les tragédies des rudes batailles, aux mégalithes imposants, aux gouffres insondés...était « encantat » (enchanté).

Ils étaient prêts à le croire.

Plus ils s'enfonçaient et plus la nature sauvage exerçait sur leur esprit une sorte de fascination où se mêlaient la réalité et les légendes.

Les étudiants se poussaient du coude en se souvenant de leurs lectures d'adolescents. Dans un éclat de rire, Bérenger déclama :

- « *Ce fut du temps où les oiseaux en leur latin chantèrent, où tout être de joie s'enflamma* » Hé, je n'ai rien oublié !

Ils décidèrent d'une halte proche d'un petit plan d'eau. Une cavité naturelle, ou peut-être creusée par les humains, pour servir d'abreuvoir à la faune des lieux.

Par jeu, ils se lancèrent un défi : lequel des deux ferait le plus grand nombre de ricochets. Après plusieurs lancers maladroits, quelques railleries de part et d'autre, il se produisit un événement inattendu : un geyser chargé d'eau émeraude montant des profondeurs, puis se fit entendre un puissant gargouillement. Tout cela accompagné par des vociférations de stentor :

- Malheureux ! Par vos actes sacrilèges vous venez d'offenser la mère nourricière.

Aussitôt l'homme sorti de nulle part, un vent violent souffla en rafales, emmenant dans ses basques, une pluie torrentielle.

Arnaud et son cousin en restèrent tétanisés de stupeur. Claquant des dents sous la morsure de cette averse froide et dure comme des javelots de glace.

Les arbres mugissaient, bruyamment.

- Allez, suivez-moi !

L'ordre ne souffrait pas de refus, il fallait obéir. D'autant plus que le crépuscule s'avançait à grandes enjambées, en obscurcissant la forêt.

Les garçons talonnaient l'inconnu de si près, qu'ils pouvaient sentir les effluves âcres de fumée, s'échappant de la vaste houppelande noire.

La piste qu'ils parcouraient louvoyait entre les taillis enténébrés. Sur quelle distance ? Nos « trappeurs » auraient été incapables de le dire, se contentant de mettre leurs pas dans ceux de cet étrange personnage.

Soudain, devant eux, un abri construit de terre et de branchages, si bien dissimulé qu'il ne faisait qu'un avec la végétation environnante. Presque une tanière de loup.

À l'intérieur, vite ravivé, un feu de bruyère crépitait dans un brasero et la chaleur fit s'évaporer, en un halo bleuté, l'humidité des vêtements des jeunes vacanciers.

Bérenger, lyrique, remerciait :

- Cher bienfaiteur, vous nous sauvez du déluge, merci monsieur...

L'exaltation fut tout de suite interrompue par un grognement :

- Mirapeis, je suis celui qui protège la tranquillité des poissons, face aux vandales de votre espèce. Assez jacassé ! Posez-vous là.

Il pointait du doigt un épais et odorant tapis de fougères, de foin et de rhododendrons.

Offert par l'hôte, un gros morceau de pain bistre recouvert de fromage. Les bacheliers assis en tailleur, firent honneur à ce repas improvisé...tout en épiant le géant.

Longiligne, maigre et roux, un vrai « Ascète » de conte de fées ! Des éclats d'or scintillaient dans son regard et une barbe crépue lui couvrait les joues et le menton.

Après deux bouchées, Arnaud osa :

- À notre départ, dans nos familles, chacun a eu une inquiétude à nous communiquer : à cause de son histoire tragique, la région serait propice au surnaturel, à l'envoûtement. Il y aurait des grottes refuges, pleines de mystères, gardiennes et témoins d'une époque terrible et tourmentée. Nous avons visité Lombrives ce matin et...

- Ici l'adage dit « *Si les pierres pouvaient crier, elles crieraient jusqu'à faire éclater la terre toute entière* » Le moindre caillou sait et se souvient. Nos ancêtres les étoiles ont gravé dans le ciel la biographie sanglante de cette contrée.

Le maître des lieux, à son tour, scrutait les garçons.

Ils se ressemblaient tant qu'on aurait pu les croire jumeaux. Il eut la réponse. Effectivement, nés la même année, un mois de septembre, à quinze jours d'intervalles, Bérenger et Arnaud étaient issus de sœurs réellement jumelles. Tous vivaient dans le même immeuble, sur le même palier et cela accentuait le mimétisme.

L'ambiance de la cabane était chaleureuse, détendue, assez pour que l'homme solitaire, encouragé par l'intérêt que manifestaient les deux jeunes, acceptât de se dévoiler un peu :
- Le pays de ma naissance et ses lourds secrets m'ont amené à vivre dans la forêt, parce que...parce que...Il avala difficilement sa salive.
Il préféra garder le silence sur une période un peu trouble, dont il n'était pas fier. Alors que les « visiteurs » déballaient de leur sac à dos les fruits secs et les barres chocolatées, l'ermite en lui-même fit un retour en arrière.

...En 1944, à juste 14 ans, son père ayant été réquisitionné pour le STO, il le remplaçait et travaillait avec son grand-père, marchand de charbon et de bois.
Lors d'une livraison chez les Gilber, il fit la connaissance de leur nièce, si menue qu'elle paraissait avoir 10 ou 12 ans, alors qu'elle en avait déjà 16.
Guilho, au premier regard, fut totalement sous le charme de la mystérieuse demoiselle.
Il n'avait pas été facile de l'approcher. Craintive, elle lui faisait penser à ces truites qui glissent entre les doigts

et vont se terrer dans l'ombre profonde d'un rocher.

Patiemment, jour après jour, il l'apprivoisa assez, pour qu'en cachette, elle le gratifie de quelques prudes baisers.

Heureux, le garçon claironnait à tout son entourage les louanges de cet ange, gracile et blond...comme celui peint sur le vitrail de la chapelle.

Un dimanche avant la messe le voisin demanda pourquoi la belle n'assistait jamais à l'office. L'amoureux en était navré. Naïf il avait répondu :

- Ce n'est pas possible, elle n'a pas été baptisée.

Guilho ne s'était pas méfié du rictus haineux sur le visage de son vis-à-vis. Dans la semaine qui suivit, Louis, sanglé dans son uniforme de milicien, précédant le commando SS, avait embarqué sans ménagement la douce Chésed et les Zilberstern, de leur vrai nom... une famille Juive qui se croyait en sécurité dans un petit village isolé.

Lui-même eut des ennuis, quelques jours au cachot, pour avoir pactisé avec l'ennemi du Reich. Mais Louis avait manigancé pour minimiser le rôle de l'adolescent qu'il était.

Très inquiet lorsqu'il avait demandé dans quelle prison était incarcérée la jeune fille, s'il pouvait lui écrire ? Ponctué d'un rire sardonique, le milicien avait montré une coupelle remplie de cendres de cigarettes. Guilho vomit sur les bottes du cruel « Satan »

Il cessa de dormir.

Des remords le rongeaient, sa faute était trop grande. La gravité de sa puérile inconséquence l'avait fait vieillir d'un seul coup. Il devait fuir l'inhumanité.

Les pleurs de sa mère ne l'avaient pas retenu.

De forêt en forêt, il erra longtemps, très longtemps, à travers le comté.

Quand, se répondant de village en village, il entendit les cloches sonner à toute volée, il sut que la guerre était finie...

- Vous voulez goûter les pétales de pommes séchées ?

Un des garçons lui tendait un sachet. L'homme dût faire un effort pour réintégrer le temps présent. Pour en gagner, il remit du branchage dans le brasero.

La fumée fit tousser Arnaud, cependant il voulut en entendre plus :

- Et alors ? Continuez, vous n'avez pas terminé votre phrase.

L'homme se racla la gorge :

- Parce que...après divers petits métiers, à 25 ans, j'ai obtenu un emploi de garde forestier. Pour échapper à ses douloureuses pensées, il rapporta une anecdote :

- Une année, au cours d'une inspection de routine, j'ai croisé un groupe d'hommes qui était à la recherche du trésor des Cathares. La « bible » à laquelle ils se fiaient était la chronique romanesque écrite par Chrétien de Troyes : *Perceval ou le roman du Graal* et le récit de *Parsifal,* de l'auteur Wolfram d'Eschenbach. Je n'ignorais rien de cette quête, mon enfance avait été nourrie de ces légendes. Tout un mois, je les ai escortés, de Quéribus à Montségur et par des pics vertigineux, jusqu' en Andorre.

- Est-ce qu'ils ont trouvé ?

- Des fragments de poterie, certains dessins gravés sur

les parois des grottes... Suffisamment pour les faire cogiter et plus encore au lieu-dit le « refuge du Grail ». Selon eux, la preuve indiscutable de la « vérité ».

L'Ascète rectifia sa position sur le lit de branchages, puis reprit :
- À l'heure de la retraite, j'ai choisi de vivre parmi les sangliers, les cerfs et leurs biches. Mes meilleurs amis. Je me définis en tant que de « chevalier errant » ayant pris pour épouse la sublime nature...quelque fois rétive et imprévisible, je vous l'accorde !
...En de tel asile, que même un bois soit toujours pour moi un palais...
Une phrase d'un petit poème où il est dit que nous sommes tous des troubadours.
Du menton, il interrogea :
- Vous vous souvenez, peut-être, de cette chanson enfantine :
« Devant ma fenêtre il y a un oiseau. Toute la nuit il chante. Il chante ce qu'il chante pour ma mie qui est loin de moi... »
- Ah oui, s'écrie Bérenger, qui fredonne : *« Devant ma fenêtre, il y a un amandier qui fait des fleurs blanches, comme du papier... »*
Dehors l'orage redoublait, des éclairs zébraient le noir du ciel.
L'homme commença le début d'un conte :
- *Ce n'est qu'autour des feux des bergers que l'on récite, à voix basse, l'épopée des Cathares, ces Bonhommes que l'on désigne sous le nom de Parfaits...*
Blottis au creux de leur nid de « farfadets », les cousins

s'imaginaient nobles défenseurs des grands Mythes, venus du Moyen Age.

La veille au soir, avant de s'endormir, Guilho Mirapeis avait indiqué qu'il serait leur guide afin de retrouver, facilement, le GR.

Au réveil, les « trappeurs » étaient seuls, le brasero froid. Leur hôte les avait-il abandonnés ? Livrés à « l'encantat » de la forêt ? L'instant d'étonnement écoulé, frustrés et déçus, les cousins durent quitter la quiétude de l'abri.

Dehors la frondaison s'ébrouait en larmes silencieuses. Les rayons de soleil avaient peine à réchauffer le feuillage. Une légère brume s'étirait en écharpe autour des troncs.

Et...oh joie !

À cinq ou six mètres environ, l'ermite était assis sur une souche. À l'aide d'un canif il confectionnait des bâtons de marche.

- Vous en aurez besoin. Approchez, il y a dans ce gobelet un peu de lait de chèvre, que j'ai trait pour vous. Ensuite je vous accompagnerai aux confins de mon royaume, à l'orée de la civilisation, précisa-t-il sourire aux lèvres.

Près de lui, outre la chèvre isard et son chevreau, trois poules faisanes, un faon, plus une portée de minuscules marcassins. Sans que les garçons eurent à poser la question, celui qui s'était présenté comme protecteur des poissons répondit :

- Des orphelins. Je suis végétarien et contre la chasse.

Subitement, des traits de lumière illuminèrent la mini

arche de Noé en totale liberté sous ce temple de verdure.

Émerveillés, les cousins ne pouvaient plus douter : les bois étaient enchantés!

En fin d'après-midi, dans la cuisine de la famille de Julien, un verre de sirop de myrtilles sur la table, les apprentis aventuriers relataient leur périple, les sensations qu'ils avaient éprouvées et surtout, la rencontre surréaliste avec l'homme, qui les avait tant subjugués.

- Ainsi, vous avez eu la chance de côtoyer le Trévrizent, ce poète qui conduit les pas des rêveurs égarés. Un privilège ! annonce Julien.

- Tu le connais?

- Seuls les justes et les purs peuvent se vanter de l'avoir vu.

Panorama

par Françoise Pinaud

Devant mes yeux, s'étend, tel un vaste océan,
Un moutonnement de glaciers géants,
La chaîne et ses sommets, imposants et altiers
Forment une citadelle, un donjon forestier.

Les crêtes escarpées, poudrées d'un or très blanc,
Redoutent le grimpeur aimant piquer ses flancs,
Les plis de la montagne recèlent des trésors,
Du gave de Pau à l'illustre vallée d'Aure.

Les massifs puissants imposent le respect,
Imitant des remparts aux pics dentelés,
Le soleil rayonne, savourant le repos,
Caressant silencieux l'échine des troupeaux.

Les cimes impériales se dressent jusqu'aux nues,
Baignées par l'azur, insolites ingénues,
Le pic du midi, un véritable temple,
Que tout homme aguerri, en extase, contemple.

Une fresque grandiose, palette de couleurs,
L'œuvre parfumée d'un peintre enchanteur,
On y respire la vie apportée par la brise,
Le vent à fleur de roche, une pure gourmandise.

La rosée du matin, sur ses pieds, ose perler,
Déposant des cristaux bleu et or en secret,
La montagne s'incline dès que tombe le soir,
Ses crevasses s'étirent, dessinant un miroir.

L'onde du jour se mire dans un lac illusoire,
Où les mouflons craintifs viennent pour y boire,
Les sapins argentés abritent l'ancolie,
Un abat-jour charmant, richement fleuri…

Sublime redingote dans le ciel du midi !

Tragédie Cathare
par Monique Conte

Ils allaient devant Dieu, purs comme la lumière.
Nul ne croit plus au ciel qui faisait croire en soi,
Inexorablement libres, quoi qu'il en soit,
L'écho seul a hurlé l'innocence première.

Ô mon château cathare habité de « Parfaits »,
Le sort les a marqués pour un destin suprême,
Dans l'aube déjà vide, un étrange anathème
A imprimé le sceau de la mort portefaix.

Montagne, toi si belle, aux mille oriflammes,
Courant près d'un ruisseau à l'accent occitan,
Tu gardes en mémoire, enveloppés de sang,
Les cris des suppliciés projetés dans les flammes.

Nul souffle… la fumée immobile du feu,
Monte ainsi qu'un long fil, se perdre dans l'air bleu,
Juste une croix de bois pour combattre les armes,
Vint ton tour « Quéribus » de connaître les larmes.

Souvenirs de Paris et d'Andorre

par Florence Day

Louise s'assit derrière son grand bureau en acajou, puis elle alluma la lampe car la nuit commençait à tomber. Elle trempa méticuleusement la plume *Sergent Major* dans un petit encrier en étain et commença à rédiger une lettre destinée à son époux.

Adrien chéri,
Hier soir, j'ai regardé la retransmission de ton dernier concert sur une chaîne de télévision américaine et j'ai été bouleversée par ton interprétation. Jamais tu n'as joué Le concerto en fa mineur de Frédéric Chopin avec une telle intensité. Tes mains puissantes semblaient voler au-dessus du clavier. Tu paraissais transporté dans un autre monde, inaccessible au commun des mortels. Je suis très fière d'avoir épousé un musicien génial, mais tu me manques terriblement. Notre petite Clémentine a percé deux nouvelles dents. Elle en a quatre à présent, et lorsqu'elle sourit, elle est trop mignonne. Elle te ressemble beaucoup avec sa bouille ronde et ses grands yeux rieurs. Un vrai lutin ! Hugo s'ennuie de toi. Ces derniers temps, il s'est montré particulièrement turbulent et agité, surtout le soir au

moment de se coucher. Pour le calmer, j'ai dû inventer « Les aventures de papa en Amérique » en m'inspirant d'une série de livres pour enfants. Je te mets en scène dans des situations cocasses et rocambolesques qui le font rire aux éclats. Cela le rassure ! Il a l'impression que tu es près de lui quand je lui raconte tes exploits. Il a beaucoup changé, ces derniers temps. Il a ton menton volontaire, ton sourire en coin et déjà... deux petites fiancées. Les chiens ne font pas des chats, dit-on ! Après ton concert, j'ai eu le cafard. Alors, je me suis mise au piano et j'ai joué La lettre à Élise[1] en pensant très fort à toi. J'y ai mis tant de ferveur que j'ai cru sentir ton parfum musqué dans le salon, ton souffle chaud sur ma joue. C'était magique ! Durant quelques instants, j'ai tout oublié : ma solitude, tes incartades...

Au bord des larmes, Louise posa son porte-plume puis elle s'enroula dans un grand châle en cachemire, en raison du froid qui régnait dans la chambre. Elle constata qu'il ne restait que des braises dans l'âtre de la vieille cheminée en pierre. Elle remit quelques buches et activa vigoureusement les flammes avec un soufflet. Une bonne chaleur envahit bientôt la pièce. Ouf ! Ce n'était pas le moment que Clémentine, endormie dans son grand berceau en osier, tombât malade. Elle sortait à peine d'une bronchiolite. La jeune femme soupira d'agacement. Depuis le départ d'Adrien, en tournée aux États-Unis, elle devait s'occuper seule de l'entretien de

---

1 Pièce musicale pour piano en la mineur composée par Ludwig van Beethoven.

leur jolie maison du XIIIème arrondissement de Paris, des soins du bébé et de l'éducation de leur petit garçon, âgé de six ans. Elle vivait surtout l'éloignement de son mari comme une torture psychologique, parce qu'elle le soupçonnait de prolonger volontairement son séjour outre Atlantique pour demeurer auprès d'une séduisante journaliste du *New York Times* qui l'avait interviewé à plusieurs reprises. La première fois qu'il lui avait parlé d'elle, c'était lors d'une conversation sur la Webcam. Devant son regard fuyant et le ton faussement détaché de sa voix, Louise avait aussitôt compris qu'il y avait anguille sous roche. Connaissant son penchant pour les jolies femmes, elle était certaine qu'il était tombé sous le charme de l'Américaine. Mais comment l'en empêcher ? Louise s'était alors lancée dans l'écriture avec l'énergie du désespoir. Depuis des semaines, elle adressait à son époux des lettres enflammées, ornées de minuscules parures végétales qu'elle composait avec des fleurs cueillies dans leur petit jardin. Elle sublimait également ses mots d'amour à l'aide d'extraits de parfums, achetés en Andorre. Ainsi, ses promesses de caresses avaient la senteur capiteuse du narcisse ou la douceur veloutée d'une rose trémière, ses baisers virtuels l'acidulé d'un extrait de framboise ou la fraîcheur d'une mûre sauvage. C'était à ses yeux une délicieuse manière de lui dire combien il comptait pour elle. Le seul moyen de toucher sa sensibilité d'artiste.

Lorsqu'elle eut réactivé le feu, Louise reprit la plume d'une main ferme :

Oh, je sais que tu protesteras en lisant ces derniers mots ! Néanmoins, un nouveau mensonge de ta part ne ferait qu'aviver une douleur qui ne me quitte plus depuis ton départ. J'ai si peur de te perdre, Adrien ! Pourtant, nous avons de merveilleux souvenirs ensemble, et surtout, nous avons fondé notre petite famille ! Tu ne peux pas avoir oublié nos enfants et notre nid douillet de la rue des Iris, sis dans la jolie Cité Florale ²qui porte si bien son nom avec ses adorables maisonnettes croulant sous les arbres en pots et les jardinières ! Ni Paris ! Oh, pas celui des touristes ! Mais le « nôtre » plus intime et plus discret. Celui que tu aimes plus qu'aucune autre ville au monde, avec ses squares ombragés où Hugo adore gambader comme un petit fou, ses vieux bistrots aux comptoirs en zinc qui fleurent bon les frites un peu grasses et le Beaujolais, ses marchés pittoresques aux saveurs venues du monde entier, ses élégantes galeries et ses passages secrets, nichés à deux pas du bruit infernal de la circulation. Surtout ton préféré, le passage Jouffroy, avec son incroyable toiture de verre et d'acier et ses vitrines extraordinaires où nous avons fait nos dernières emplettes avec Hugo et Clémentine lovée contre toi dans son porte-bébé. Et le quartier du Marais où tu es né ? Nous n'avons jamais pu nous lasser d'admirer les petites boutiques de la rue François Miron et surtout ses magnifiques maisons en encorbellement aux enseignes « au faucheur » et « au mouton » qui transportent le promeneur en plein cœur du Moyen Age.

---

2 La Cité Florale fut construite en 1928, intégralement urbanisée en petites maisons.

Et la Seine ? Y-a-t-il un fleuve au monde qui puisse la remplacer dans ton cœur ? Te rappelles-tu nos dîners sur la péniche de nos amis Pierre et Estelle, amarrée en contrebas du Quai d'Austerlitz ? A la lumière des chandelles, elle brillait de tous ses feux, pareille à un gigantesque tapis des mille et une nuits. Aujourd'hui, la pauvre fait grise mine, comme notre petit Hugo, comme notre chat Rusty qui squatte ton fauteuil préféré du matin au soir depuis ton départ. Elle semble attendre ton retour pour pouvoir se faire à nouveau belle en se parant d'or et de diamants. Et l'Andorre, Adrien ? L'as-tu oubliée, elle aussi ? L'année dernière, à cette époque, nous étions à Soldeu, cette station de ski si pimpante avec ses chalets rustiques aux balcons fleuris comme des mariés ! C'est dans ce beau pays andorran aux multiples forêts de pins rouges et noirs que tu m'as donné ce que j'ai de plus précieux au monde avec toi et Hugo : notre petite Clémentine. Je revois encore l'hôtel où nous logions et le grand lit en chêne patiné de notre chambre. A cet instant, je voudrais à nouveau me glisser sous ses draps un peu rêches qui embaumaient le sapin vert, embrasser ta bouche aux contours bien dessinés, caresser tes cheveux auburn que tu as si joliment transmis à notre fils et faire l'amour avec toi à l'infini...

Au lieu de cela je me morfonds près du feu en songeant que tu te produits à New York, à Boston, à Miami, devant un parterre de célébrités et un public en délire. Toutefois, les applaudissements, les paillettes, le champagne, les milliers de dollars, qui sont aujourd'hui devenus ton quotidien, me semblent bien futiles au regard de notre vie si riche en tendresse et en émotions.

Moi, ce que je t'offre, Adrien, c'est une immense envie de bonheur à partager à quatre, chez nous en France et en Andorre. Dans notre beau Paris et à Soldeu ! Les enfants et moi, nous attendons ton retour avec impatience, sans oublier le pauvre vieux Rusty qui miaule à fendre l'âme dès que je prononce ton prénom.
Mille baisers de ta Louise.

La jeune femme sécha l'encre fraîche à l'aide d'un buvard, puis elle plia le courrier et gagna rapidement le salon. Sur le couvercle luisant du piano de son mari, elle prit un recueil de partitions et le compulsa avec fébrilité. Entre deux pages, elle trouva des pétales de narcisses jaunes qui ravivèrent douloureusement les merveilleux souvenirs des dernières vacances passées en famille à Soldeu. Louise les glissa à intérieur de la lettre puis elle scella l'enveloppe en tremblant. Elle savait, désormais, qu'en dépit de l'immense amour qu'elle vouait à Adrien, il n'y en aurait pas d'autre…

Partir nulle part

par Cécile Amy

L'ouverture automatique vient d'être déclenchée. Elle passe la porte. Elle est libre. Enfin. Elle a réservé un taxi qui l'amène jusque chez elle. Chez elle, oui. Où aller sinon ? Mais une fois devant la maison et le taxi payé, elle n'entre même pas. Elle ne veut pas retrouver l'ambiance, l'odeur, qui ne manqueront pas de lui rappeler ses derniers jours ici. Elle ne veut rien voir non plus de sa vie d'avant. Elle ne veut pas voir l'état dans lequel était la maison quand ils sont venus la chercher. Elle tâte ses poches. A droite les clés de la maison, à gauche, les clés de la voiture. Oui, la voiture, c'est mieux. Ne pas rester ici. Trop douloureux. Les souvenirs remontent et lui brouillent la vue. Ces derniers jours où elle se sentait traquée et n'osait sortir qu'une fois la nuit tombée.

Elle monte dans sa voiture. La rue est déserte, tant mieux. Par ces températures négatives, la voisine a abandonné son balayage multi-quotidien du pas de sa porte pour rester au chaud, devant son poêle, avec sans doute ses deux chats sur les genoux. Elle a échappé à son regard inquisiteur, à son bonjour mielleux. Elle a surtout échappé à la « une » demain matin de « radio-Cuzy », comme elle surnomme le regroupement des commères du village autour du café matinal.

Elle démarre sans problème. Elle avait demandé à Serge de faire rouler la voiture de temps en temps. Serge qui était venu la voir tous les lundis. Sans faute. Même celui de Pâques. Il avait délaissé le repas familial pour passer un court moment avec elle. Toujours trop court. « T'inquiète ! Je les vois bien assez ! Et puis c'est toi mon agneau, non ? » Il trouvait toujours le mot pour la faire rire, même dans les moments les plus sombres. Et ses plaisanteries étaient toujours empreintes de tendresse.

Elle descend l'unique route qui passe devant chez elle. 23 décembre ; des amas de neige de chaque côté de la route. La neige, ces dernières semaines, avait fait souffler un avant-goût de liberté. Elle ne sait pas où elle va. Tout ce qu'elle sait, c'est qu'elle a son passeport dans sa poche. On lui a rendu son identité et c'est ça qui compte. Elle est redevenue une citoyenne comme les autres, libre.

Sur le siège arrière, un sac de voyage avec quelques vêtements, sa trousse de toilette, un peu d'argent et quelques cigarettes. Pas suffisamment. Ce sera son premier arrêt, son premier achat. Elle n'a pas envie de manquer. Plus envie de compter comme là-bas, tout au long de la journée, combien elle en a fumé, combien il lui en reste, et si elle peut en accorder une ou deux à une pauvre fille qui viendra quémander et qui promettra de rendre, dès le lendemain. Qui rendra, ou pas. Mais qui se souviendra d'elle un jour où ce sera son tour de quémander, parce qu'une contrariété, un espoir déçu, l'aura fait fumer davantage qu'à l'ordinaire?

Elle arrive au rond-point, passe sous l'autoroute, descend la nationale. Un choix s'impose alors au premier feu ; continuer sur la nationale vers la Suisse ou prendre la voie rapide en direction du centre-ville et des stations, ou encore emprunter l'autoroute, direction... directions multiples. En une fraction de seconde, elle décide d'aller à Chambéry. Ça n'était pas dans ses plans, pas du tout dans ses plans d'ailleurs, bien qu'elle n'en ait pas, mis à part celui de partir. Pourtant, « partir », ce serait aller n'importe où, sauf à Chambéry, où tout a commencé.

Elle sonne. Elle l'entend mettre la chaîne (le couard) puis il entrouvre la porte. Son visage se décompose aussitôt. « Va-t'en ! » Et il referme. Elle s'y attendait, mais bizarrement ça lui fait plaisir, elle a vu la peur surgir dans ses yeux, ses cheveux se dresser sur son crâne, comme la dernière fois qu'elle avait voulu le voir et qu'elle avait tenté d'entrer chez lui. Elle sonne de nouveau, il ne répond pas, elle lui lance qu'elle veut juste lui parler, qu'elle ne fera pas d'esclandre. Rien ne bouge de l'autre côté de la porte. Elle ajoute qu'elle a tout son temps et qu'elle attendra. Il faudra bien qu'il sorte un jour ou l'autre. Elle s'assoit sur une marche de l'escalier avec le sentiment jubilatoire qu'il ne pourra pas lui échapper et que cette fois-ci elle ne lâchera pas comme la dernière fois. Bientôt la porte s'ouvre de nouveau, elle croit qu'il va la faire entrer mais il referme prestement derrière lui, dit avec froideur qu'il a peu de temps et appelle l'ascenseur. Ils y entrent tous les deux et elle le regarde avec toute la haine et le mépris qu'elle est capable d'afficher. « Tu sais sans doute où j'étais ? Je suis sortie aujourd'hui. Je voulais juste que tu le saches. » L'ascenseur arrive au rez-de-chaussée, elle sort et part sans se retourner, sans même lui dire au revoir, avec juste ces quelques mots supplémentaires : « C'est tout ce que j'avais à te dire ». Elle était pleine de mépris. L'avait-il ressenti ? Il devait être soulagé que l'entrevue ait duré si peu, mais il allait au moins avoir peur. Peur qu'elle revienne.

Elle est elle-même étonnée de n'avoir prononcé que ces quelques phrases. Elle avait l'intention de lui parler davantage, de l'attaquer, de le faire culpabiliser, de lui faire cracher sa responsabilité dans cette affaire. Mais comme il lui avait coupé l'herbe sous le pied en ne la recevant pas chez lui, elle a voulu le désarçonner à son tour. Lui faire croire qu'il s'était donné bien de l'importance en évitant de la faire rentrer et en lui précisant qu'il avait peu de temps. En dire si peu, c'était lui rabattre son caquet de coq faussement sûr de lui. Cette pensée la soulage davantage que ne l'aurait fait le déballage de son ressentiment. Et puis, ce qu'elle voulait avant tout, c'est être sûre qu'il sache. Et ça, c'est fait.

Elle regagne sa voiture, et démarre encore une fois sans savoir où aller. Elle circule dans la ville dans un état second, se perd, se retrouve, se perd de nouveau et finit par se rendre compte qu'elle tourne en rond. Ça ressemble à sa vie d'avant. Elle ne sait plus où elle en est, ne sait plus où elle veut aller. Elle ne se demande même pas ce qu'elle veut faire, elle veut juste savoir où aller. Elle n'en peut plus de tourner en rond et de sentir son angoisse monter, alors elle prend l'avenue qui mène au péage et s'engage de nouveau sur l'autoroute en direction du sud. Après quelques kilomètres elle se rend compte que c'est à Montpellier qu'elle veut aller. Finalement elle reprend la même route qu'avant, juste avant le pavillon C. Comme si elle avait besoin de tout revivre. Elle croit qu'elle va revivre la même exaltation simplement en étant dans le même lieu. Elle veut ressentir quelque chose de fort après tous ces mois d'anesthésie mentale, affective et physique.

Elle retourne au même hôtel et se demande si on la reconnaît. Elle s'était quand même fait remarquer, mais ils ont sûrement l'habitude d'avoir des clients difficiles. Elle ne peut obtenir la même chambre ni même une autre du rez-de-chaussée, l'hôtel est presque complet. Elle sera à l'étage, et dans une chambre plus chère, cela la contrarie. Au moment de payer, elle se rend compte qu'elle n'a pas sa carte bleue et pas assez d'espèces. Alors elle appelle Serge ; Serge qui a toujours été là pour la dépanner et la soutenir, quelles que soient la demande et les circonstances, et qui la dépanne encore une fois en lui donnant son numéro de carte. Lorsqu'elle lui a dit qu'elle était à Montpellier, il n'a fait aucun commentaire, il lui a dit de prendre soin d'elle, c'est tout. Elle n'avait rien envie d'entendre d'autre et il l'a senti. Qui mieux que lui la comprend ?

Le lendemain, elle va se promener au bord de la mer qui est presque noire ce jour-là. Le vent souffle. Elle aime entendre le bruit des vagues, voir l'écume se former puis disparaître. Personne ne sait où elle est, personne ne va lui demander ce qu'elle fait ou donner des conseils sur ce qu'elle devrait faire. Ça lui plait. C'est à ses yeux la quintessence de la liberté. Elle se sent comme une vagabonde qui aurait tout abandonné, brisé tous les liens, mais une vagabonde riche avec voiture et nuit à l'hôtel. Elle prend une grande inspiration mais se rend compte que l'air salin n'a plus la même saveur. Son histoire, sa vie, n'en sont plus au même point. Elle est déçue, déprimée même. Elle reprend la route, pour n'aller nulle part. Elle suit une direction, puis une autre sans jamais aller jusqu'au bout de la destination choisie et sans même s'être demandé à quelle distance elle en était. Elle choisit les noms au hasard des panneaux, parce qu'ils lui rappellent quelque chose. Millau, les vacances de son enfance. Toulouse, la ville natale de sa grand-mère. Andorre, son ancien patron. Barcelone, un voyage de jeunesse.

Le soir, elle retourne à l'hôtel, épuisée. Elle a acheté des petits-fours salés et sucrés et une bouteille de champagne. Elle croyait qu'elle allait passer un bon réveillon et savourer sa liberté et sa solitude. Mais elle se sent désœuvrée, allume la télévision, et se sent glisser. Si seulement elle était en train de glisser dans un sommeil salvateur. Mais non, elle se sent glisser le long de la paroi d'un gouffre, noir et profond, de manière inexorable, lente mais certaine et sans détour. Le contrecoup sans doute. Mais qu'importe la raison. En l'espace de quelques heures elle est au plus profond du trou et elle sait qu'elle en a pour plusieurs mois de souffrance, de longs mois à se battre contre des moulins, à remonter de quelques centimètres pour retomber plus durement encore. Elle éclate en sanglots, croyant comme toujours que ça va la calmer, lui faire du bien. Mais en ces moments-là c'est peine perdue. Elle sait d'ailleurs que dans les mois à venir elle ne pourra même plus pleurer. Elle ne finit pas ses petits fours, ni même son champagne. Tout commence à se bloquer en elle. Elle se roule en boule sur le lit, toute habillée, et elle attend qu'un sommeil non réparateur s'empare de son esprit désarticulé. « La vieillesse est un naufrage » disait sa grand-mère. La dépression aussi.

Demain il va falloir qu'elle rentre. Elle sait que le trajet va être une épreuve interminable, épuisante et terriblement angoissante alors qu'elle a roulé sur des centaines de kilomètres sans aucun problème ces deux derniers jours. Comment une même personne à vingt-quatre heures d'intervalle peut avoir des réactions diamétralement opposées en des circonstances aussi similaires? Les mystères de la chimie sans doute. Elle aimerait connaître la formule. Elle aimerait que les richissimes laboratoires pharmaceutiques trouvent la molécule qui pourrait la faire remonter aussi vite qu'elle est tombée et qu'elle tombe, chaque fois.
Demain, il faudra prendre la route sans l'aide d'une hypothétique molécule magique. Il faut rentrer, elle n'a pas le choix, elle ne peut pas rester à l'hôtel et elle a de toutes façons besoin de rentrer et de se terrer chez elle. Elle évitera tout contact avec les autres, trouvera des

excuses pour décliner les invitations, ne décrochera plus le téléphone et répondra aux messages vocaux par des sms faussement enjoués. Il n'y a que Serge qu'elle pourra voir sans angoisse et qui saura l'aider.

Dans les murs

par Alice Marini

À travers les chênes verts, les taillis, et les genêts piquants, un randonneur découvre les ruines du château de Jarclol, envahies par les ronces et les orties.

Une splendeur du passé qui ne tarderait pas à disparaître à tout jamais.

Enveloppé dans un coupe-vent, son béret rabattu sur le front, bien protégé des rafales sifflantes du vent, mordant à cette altitude, il s'adosse contre un muret.

Il contemple ce qui autrefois était, certainement, une magnifique demeure suspendue entre ciel et terre. Sont encore visibles des segments de voûtes. On devine l'emplacement d'une fenêtre...

L'homme, épuisé par une longue marche depuis Foix, s'assoit sur un tapis de mousse, retire ses lunettes de soleil, se frotte les yeux, tend l'oreille. Il lui semble que les arbres fredonnent un secret.

« La belle Éléonore Ramonne a disparu. À ce jour son âme rôde, toujours, dans l'enceinte du château »

Le randonneur s'imagine chevalier venu au secours de sa dame. Dans un état proche du rêve, il la suit sur les remparts.

En ce temps-là... L'histoire du château commence ainsi.

Construit au Moyen Âge sur un piton rocheux, on aperçoit, tapissée de bruyère, la forêt de pins roux, de frênes. En contre bas l'étang de Juclar. Un lieu propice pour la faune sauvage qui s'y donne rendez-vous : cerfs, loups, et parfois des ours.

Le comte Fernand Ramonne, en maître impitoyable, accroît ses possessions en livrant bataille à tous les seigneurs des alentours. C'est une époque où le châtelain et ses soldats ont traversé de tumultueux affrontements, suivis de la révolte armée de certains rivaux. Maintenir les limites de son territoire n'est pas chose facile.

Ses enfants sont « otages » du désir de puissance de leur père. Il opte, par le moyen légal du mariage, pour l'idée de réunir sans perte humaine de vastes domaines. C'est ainsi que ses deux fils, François et Guillaume, sont unis à des filles de la noblesse d'Andorre.

Pour sa fille Éléonore, il a envoyé des émissaires au comte de Saint Julia, à la frontière de l'Espagne. De cette manière il s'assurera d'une paix durable aux portes de son fief.

C'est une très belle jeune fille de 17 ans, à la longue chevelure noire aux reflets bleutés, un peu comme les ailes des corbeaux qui viennent se poser sur les créneaux de la tour. Ses yeux ovales, à la forme et à la couleur de l'amande, sont parsemés de petites étoiles d'or lorsqu'elle sourit.

En cet après-midi de mai, accoudée à la balustrade, la jeune demoiselle regarde le beau dessin des ifs et des haies, soigneusement taillés par les gens de son père. De pauvres hères qui courbent l'échine, redoutant de déplaire. Elle se sent triste pour eux et déplore la dureté du maître. Elle a un autre motif d'appréhension. Ce mariage qui va se faire, sans son consentement, que lui réservera-t-il ? Elle ne voudrait pas d'un époux aussi despote que son père…

N'ayant plus sa mère, morte au moment de la délivrance, c'est auprès de sa nourrice Modeste qu'elle cherche du réconfort :
- Nounou, j'ai peur de cette union. Je voudrais refuser, veux-tu m'aider pour en avertir mon père ?
- Ma douce, c'est la destinée des filles d'obéir à leur parent en prenant époux. Ne sois pas inquiète, je te suivrai dans ta nouvelle demeure. Ta mère m'a fait jurer de ne jamais t'abandonner, de veiller sur toi, et je suis prête à mourir s'il le fallait.

De Tavernoles arrive un bayle dénommé Antoine. C'est jour de liesse, c'est une période de trêve entre belligérants.
Le comte organise banquets et ripailles, afin de présenter Éléonore à son futur mari. Celle-ci s'est revêtue de ses plus beaux atours. Modeste l'a convaincue que le fiancé a un noble cœur ; l'atmosphère est à la fête ; les gentilshommes et leur galante compagnie sauront lui faire oublier ses craintes.

Le bayle la complimente d'une manière outrancière, ce qui ne plaît pas à la nourrice. Cet homme lui produit une impression bizarre, elle se dit qu'elle devra le surveiller de près.

Antoine sut manœuvrer habilement. Le comte, sans méfiance, lui offrit la place de conseiller auprès de sa fille. Antoine s'installa au château.

L'âme pure de la jeune fille ne résista pas aux belles paroles. Il l'isola, lui suggérant une vie d'extase au couvent le plus proche.

- Vous ne voulez pas d'époux, c'est donc votre unique chance, répétait-il du soir au matin. Donnez-moi votre cassette personnelle, avec ça la mère abbesse vous fera une existence agréable.

La nourrice bataillait pour faire entendre raison à l'égarée.

- Ma douce, ce n'est pas un honnête homme. Il serre de trop près les servantes, s'enivre sans retenue, et convoite les ors et les domaines pour son propre intérêt…

Nul ne sait comment Modeste eut vent de cela : Antoine était un soldat, renégat, à la tête de mercenaires sans foi ni loi. Il avait jeté son dévolu sur le château de Jarcol, et avait fomenté un guet-apens.

La nounou, qui ne le quittait plus des yeux, le suivit lors d'un rendez-vous sous le pont-levis, qu'il eut avec l'un de sa troupe. Elle entendit distinctement :

- Est-ce fait ?

- Oui, les deux à la fois, répondit son vis-à-vis.

L'échange fut bref, c'est à peine si Modeste put se cacher. Elle redoutait les conséquences. Ce dont elle avait raison.

Le bayle, l'ayant reconnue, jura de tirer vengeance. Ni elle, ni personne, ne se mettrait au milieu de son chemin.

Le jour de l'audience, Antoine se montra scandalisé :

- Comte Ramonne, vous avez nourri en votre sein un suppôt de Satan. Votre servante s'adonne à des pratiques diaboliques. Je l'ai vue l'autre soir, nue, danser autour d'un chêne, perpétrer des incantations, tracer à la cire des signes cabalistiques. C'est une sorcière. Elle a toujours, dans son tablier, des fioles d'un breuvage distillé avec de la bave de crapauds, du sang de vipères.

Au comte incrédule, il montra deux petits flacons remplis d'un liquide verdâtre. Celui-ci, ne retenant plus sa colère, convoqua la « sorcière ».

- Que dis-tu pour ta défense ?

Elle se tord les mains, clame son innocence.

- Maître, tout est faux, ceci ne m'appartient pas. Celui qui m'accuse est fourbe, il ment car le l'ai surpris en conversation avec un soudard, il lui a remis une bourse bien pleine pour avoir exécuté une basse besogne.

- Mécréante, comment oses-tu le diffamer, je lui accorde toute ma confiance.

Antoine insiste :

- Elle mérite le sort de ses semblables: périr sur le bûcher.

Le bayle est satisfait de la tournure que prend la situation. Car malgré les protestations de la nounou, malgré les suppliques d'Éléonore, le comte reste inflexible. La mort pour la servante.

Peu à peu l'étau se resserre sur Fernand Ramonne. Telle une araignée, Antoine tisse un linceul. Il répand des rumeurs sur tel ou tel serviteur qui abuserait de la bonté du maitre : volant boisseaux de blé, buvant du meilleur tonneau… Goupillés, pour les bannir du domaine. Ses mercenaires sèment la désolation aux quatre coins du comté. Antoine sournoisement déplore la situation :
- Cher comte, ceci est l'œuvre des partisans de la fille du diable. Du fond de l'enfer, elle cherche à me nuire et voudrait me chasser, vous laissant à leur merci. Confiez-moi une petite armée, je saurai les faire rentrer dans les rangs. Plus jamais ils ne saliront votre honneur.

Dès que la chose fut élaborée, les mercenaires habillés aux couleurs du comte, sous prétexte de punir les réfractaires, mirent la contrée à feu et à sang.
Ce qu'il n'avait pas prévu, c'était l'échec du plan d'assassiner les deux fils Ramonne. Il avait en partie échoué. Guillaume, gravement blessé, était prêt à se battre contre le scélérat. N'écoutant que sa vaillance, ne ressentant ni fatigue, ni souffrance, c'est avec vigueur qu'il entra dans la bataille. Sous les assauts des hommes de Guillaume, les mercenaires détalèrent laissant derrière eux des morts de leur camp.

Un rescapé, profitant de la confusion qui régnait au champ de bataille, se faufila jusqu'au château où Antoine se terrait.

- Vite, quitte les lieux, le cadet marche triomphal, pour demander réparation.
- Que dis-tu ? Vous n'avez pas mené votre mission jusqu'au bout ! Vous êtes des incapables. Allez préparer la charrette, j'ai un coffre de lingots d'or à transporter. Attends-moi à l'endroit convenu, cette fois pas d'embrouille !

Antoine se dirige vers la chambre d'Éléonore. La demoiselle est encore endormie. Épouvantée, elle sent un corps… Les yeux grands ouverts, sidérée, elle reconnait le bayle…
Satisfait, il sort de la chambre, comme il est venu, sans un mot.
Bouleversée, meurtrie dans sa chair, Éléonore reste plusieurs heures hébétée, sans réaction. Son esprit refuse ce qu'elle vient de vivre.
Sa nouvelle servante la trouve prostrée, recroquevillée dans son lit. Avec douceur elle la lave, la parfume, tente d'effacer toutes traces de l'abomination subie. La jeune fille honteuse, demande le secret.
- Tu ne diras rien, je te l'ordonne !

Des pas résonnent dans le château. Des portes claquent, des appels impérieux. Guillaume fouille les lieux, il veut savoir où se trouve Antoine pour le châtier. Mais celui-ci est sorti furtivement. Il a disparu avec ses complices, par les souterrains.

Guillaume, auréolé de gloire, revenu dans l'appartement de son père ne comprit pas son attitude. Il n'était plus l'arrogant, le fier et autoritaire seigneur. Il semblait vieux de cent ans. Sa sœur enfermée dans sa chambre, et plus aucune trace du bayle.
Dans le cœur du comte Ramonne, la révolte grondait. Dans un sursaut d'autorité il voulait en finir avec la réticence de sa fille. Les noces seraient annoncées. Il l'avait décidé.

La prière ne lui offrant plus de secours, la jeune fille, dévastée de chagrin, la mort dans l'âme, dût avouer l'infamie.
- Père, il m'est impossible de me marier. Je refuse d'apporter le déshonneur dans une noble famille. Le bayle, l'ignoble individu m'a violée et je vais être mère d'un bâtard.

Dans un grand désarroi, le comte quitte sa fille, ne dit rien…
Après une nuit de profond silence, au matin une grande inquiétude se lisait sur le visage de tous. Éléonore avait disparu !

À l'extérieur, la neige avait fait son apparition, tissant un manteau blanc et recouvrant la plaine. Pas d'empreinte de pas n'avait souillé cette pureté immaculée.

Le comte, n'ayant plus goût à la vie, se laissa mourir. Lentement le château perdit de sa splendeur et, au fil des siècles, devint ruine ouverte à tous les vents. Les ifs et les taillis, retournés à l'état sauvage, s'empressèrent d'occuper les allées, les terrasses. Les corbeaux et les écureuils vinrent squatter les chambres et les salons.

Peu à peu, Jarcol devient un témoin du Moyen Âge, à visiter les jours d'été.

Un clapotis d'eau réveille notre dormeur.

Il contemple la douce lumière qui ondule sur le paysage verdoyant.

Soudain, une secousse, un mini tremblement de terre, se produit sous lui. Dans un halo de poussière, un pan de mur s'effondre à quelques mètres de son sac. Le jeune homme se lève et peut constater les dégâts. Et, oh stupeur ! Au centre de cet amas de pierres, des ossements humains.

La jeune fille était morte, emprisonnée par son père, le comte Ramonne, qui avait voulu cacher sa honte.

La brise murmure une triste mélopée. L'âme d'Éléonore est délivrée de sa prison…

Les Misérables   Riegel

www.ingramcontent.com/pod-product-compliance
Lightning Source LLC
Chambersburg PA
CBHW072231190626
46809CB00017B/1692